JN012409

大阪弁で読む『変身』

I

グレゴール・ザムザはある朝けったいな夢[1]から目が覚めてみたら、ベッドん中で馬鹿でかい虫に変わってる自分に気がついた。仰向けの背中は鎧みたいに硬いわ、頭をちょっともたげてみたら腹は茶色ぅふくらんで硬い節に分かれとるわ、その腹にかかっとる布団はずり落ちる一歩手前で最後の瞬間を待つばかり。無数にある脚は腹回りのわりに情けないくらい細ぅて、目の前でワヤワヤと頼んなくうごめいとった。

「おれ、どないしてん?」グレゴールは考えた。どう考えても夢やない。小さいなりにも間違いなく人間様の部屋で、四方を見慣れた壁に囲まれてシーンとしとる。机には別々に束ねた布地の見本が広げてあって——ザムザはセールスマンやった——その上の壁には絵がかかっとった。グレゴールがちょぃ前に雑誌から切り抜いた絵

1　けったいな……　おかしな

で、こじゃれた金色の額縁に入っとる。ある女性を描いた絵で、身に着けた帽子とエリマキは毛皮製、しゃんと座って、重そうな毛皮のマフに突っこんだ両手を見るもんに向かって差し出しとった。

目を窓に向けるとどんよりした空模様で――雨粒が窓のブリキを叩く音が聞こえる――グレゴールは気がめいった。「どやろな、少し二度寝してこないなけったいなことみな忘れてしもたら」と思いはしたものの、どだい無理やった。体の右側を下にして寝るんがグレゴールの習慣やけど今の状態ではその姿勢になられへん。どんだけあがいて体の右側を下にしようとしても結局は仰向けに戻った。百回がとこ[2]やってみた。うごめく脚を見んですむよう目は閉じとった。あげくに、初めて感じる軽い鈍痛を体の右側に感じ始めてあきらめた。

「ほんまになあ」グレゴールは考えた。「なんちゅうえらい[3]仕事を選んでしもたん

2　百回がとこ……百回くらい

3　えらい……きつい

や！　来る日も来る日も出張や。店に尻くっつけてやる商売とくらべてこの商売は格段にきついで。おまけにおれの場合、旅の気苦労いうもんもあるからな。乗り換えの心配とか、デタラメなタイミングで食うまずいめしとか、入れ代わり立ち代わりで長続きせぇへんいつも上っつらの人間関係とか。けったくそ悪い！」腹のふくらんだてっぺんらへんがちょっとかいい。仰向けのまんまゆっくりベッドの柱方向にずり動いて、頭をもちょっともたげられへんかやってみた。かいいあたりが小さい白い斑点だらけなんが見えたけど、それが何なんか見当もつかなんだ。脚の一本でそこを触って調べようとしたものの、触ったとたん体中に寒気が走ったのですぐさま脚を引っこめた。

グレゴールは体をずらして元の姿勢に戻った。「こないな早起きは」と考えた。「アホになる元やで。人間、しっかり眠らんと。他のセールスマン連中、ハーレムの女みたいな生活しくさって。例えばの話、おれが午前のうちに宿に駆け戻って、必死のパッチで[4]集めた注文を書きつける頃にやっと皆様方はお座りになって朝めしや。おれが社長のおるそばでそんな真似してみぃ。クビ確定や。もっともまあ、それもまんざら悪ぃとは言い切れんかもな。おれかて両親のためにがまんしとるんでなかったら、とうに辞表を叩きつけて社長の前に出て本音を洗いざらいぶちまけとるわ。おっさん机から転げ落ちよるで。机の上に座って文字通りの上から目線でお言葉をたれんねんから、けったいなやりくちや。おまけにおっさん、耳が遠いから部下はほんまおそば近うに寄らんならん。ま、望みなきにしもあらず。金貯めて両親の借金を社長に耳そろえて返しさえすりゃ――あと五〜六年かかるかね――そんときゃ絶対にやったる。それでおれの人生はズバッと変わる。差し当たりはとにかく起きんとな、列車は五時発やから」

グレゴールはタンスの上でチクタク言うてる目覚ましに目を向けた。「えらいこっちゃ！」と思うた。六時半や。針は悠然と進んで、六時半どころかもうじき六

4　必死のパッチで……必死になって

時四十五分。目覚ましが鳴らなんだ、[5]なんちゅうことがあるか？　ベッドから見ても、きっちり四時に合うとんのが分かる。てことは確かに鳴ったんや。せやけど家具をも揺るがすド派手な音の中でスヤスヤお寝坊、なんちゅうことありうるか？　もっとも安眠できなんだ分だけ深く眠りこけたということも考えられる。ともかくグレゴールが今打つべき手は何か？　次の列車は七時発。これに追いつくにはアホみたいに急がんならんし、商品の荷造りはできとらんし、当のグレゴールは気分シャッキリ力みなぎる、という体調からはほど遠かった。それに列車に追いついたところで社長の大目玉は避けられん。なんせ使用人が五時の列車に合わせて待っとってグレゴールの遅刻をとうにチクっとるわけやから。こいつは社長のお気に入りやった、性根も頭もないくせに。それか、病気や言うたらどないか？　いやいやこれほどカッコ悪うて怪しい言いわけもなかろう、グレゴールは五年勤める間病気になったためしがない。社長が健康保険組合の医者を連れて来て、両親をグータラ息

5　鳴らなんだ……　鳴らなかった

子のことでボロカスにこきおろしたうえ、どない言うて抗議しようが医者の言うことひとつで切って捨てるに決まっとる。この医者にとっては、人間には至って健康なくせに仕事は嫌いというやつしかおらんのやから。とは言うものの今の場合、この医者の見解もまんざら大間違いでもないんとちゃうか？　実際、寝過ごした後やと言うのにまことに眠いこと以外グレゴールは至って健康で、大いにすきっ腹でさえあった。

グレゴールがそれやこれやを大急ぎで考えて、けどベッドを出るふんぎりはつけかねとると——まさに目覚ましが六時四十五分を打った——ベッドの頭っ側にあるドアを慎重にノックする音がした。「グレゴール」という呼びかけ——母親やった——「六時四十五分やで。出かけるんちゃうの？」優しい声！　それに答える自分の声を聞いてグレゴールはギョッとした。間違いなしに自分の前からの声ではあったけど、何やら下の方から響くような、おさえようのない苦しげな悲鳴が混じっとって、単語が最初の瞬間こそきちんと聞き取れるもののそっから続く音はさっぱりワヤ[6]で、きちんと聞き取れるか分かったもんやなかった。グレゴールは詳しく答えてみな説明する気やったけど、こんな状況やから「はいはい、おおきにお母さん、今起きましたわ」と言うだけにしといた。木のドアのおかげで、グレゴールの声が変わってんのは外からは気づかれにくかった。母親もこの説明で気がすんで、足を引きずりもって[7]離れた。ところがこの短い会話で他の家族も気がついた。グレゴール、まだ家におったんかいな。横のドアを父親が軽くやけどこぶしでノックした。「グレゴール！　グレゴール！」と声をかけてきた。「どないしてん？」少し間をおいて、もひとつ低い声で返事を催促した。「グレゴール！　グレゴール！」反対っ側のドアから妹が小声で「グレゴール？　具合悪いん？　なんかいる？」と心配そうに言うた。両方のドアに向かってグレゴールは答えた。「もう、用意、できてる」発音にはめいっぱい注意して

6　ワヤ……めちゃくちゃ、話にならない状態
7　引きずりもって……引きずりながら

一語一語の間をしっかり空けて、声が変に聞こえへんよう努めた。父親は朝めしの続きに戻ったけど妹は「グレゴール、開けてぇな、頼むわ」とささやいた。ところがグレゴールは開けることなんぞこれっぽっちも考えとらんのみならず、たびたびの旅で身についた、家でも夜は全部のドアを施錠する用心に満足しとるありさま。

差し当たりグレゴールとしては落ち着いて、邪魔されんと起き出して、服を着て、とにもかくにも朝めしにありついて、それから初めて今後をじっくり考えるという具合にしたかった。ベッドん中でウダウダ考えたところでまともな結論にたどり着く見こみがないことは重々承知やった。ベッドで横になっとっておかしな寝相のせいらしい軽い痛みを感じたものの、起きてみたら気のせいということは今までにもようあった。今のありさまもそろそろきれいに片がつくんやなかろうかと心待ちにした。声の変わりようもただのきつい風邪の前触れでセールスマンの職業病やと信じてこれっぽっちも疑わなんだ。

毛布をはねのけんのは簡単やった。ちょっと腹をふくらますだけで勝手に落ちた。ただそっから先がやっかいやった。なんせグレゴールの体はアホみたいに幅が広い。両腕両手があれへんことには体の起こしようがないっちゅうのに代わりに無数の脚があるだけで、ひとときもじっとしとらんとバラバラに動くうえに、てんでグレゴールの言うことを聞かん。一本を曲げよう思うたらまず伸びるていたらく。で、この脚でやっとこさ目的を果たしたらその間に他の脚全部が、さあ解き放たれたと言わんばかりに痛々しいことこの上なしの大騒ぎをやらかす。「ベッドで無駄にグズグズするんだけはやめんとな」とグレゴールはつぶやいた。

手始めにグレゴールは下半身をベッドから出したかったけど、この下半身をまだ見てもおらんので正確なイメージがつかめんし、動かすんも難儀やと分かった。とてつもなく時間がかかった。グレゴールはしまいにいらち来て[8]力の限りやみくもに体を前に突き出したが、さあ方向を間違うたもんやから足側にあるベッドの支柱にしたたかぶっつけた。このとき感じた燃えるような痛みでグレゴールは下半身こそ目下のところいっちゃん敏感らしいと悟った。

8　いらち来て……　イライラして

それでグレゴールはまず上半身をベッドから出すやり方を試すことにして、慎重に頭をベッドのふちにぐいっと向けた。これは造作もなくできて、だだっ広く重たい体はそれでもしまいに頭の方向転換についていった。せやけど頭がベッドからはみ出して宙に浮く段になると、グレゴールはこの調子で進み続けんのが不安になった。なんせいよいよベッドから落っこちるとなると、それこそ奇跡でも起きん限り頭のケガは避けられなかろう。今このとき、何がなんでも意識を失うわけにはいかん。それよりはベッドにへばりついとる方がまだマシや。

けど同じ骨折りの後でため息ついて元の通りに横んなって、さらに激しくさえなってそうな脚同士のケンカを見て、このシッチャカメッチャカを沈静化させる見こみはないと悟ったとき、グレゴールはまたつぶやいた。ベッドにずっとへばりついてはおられん、わずかでも望みがあんねやったら、あらゆる犠牲をはろうてベッドを脱出するんがいっちゃん理性的な判断や。もっともその一方でグレゴールは、やけっぱちで決断するより落ち着いて、とにもかくにも落ち着いてじっくり考える方がよっぽどマシということもきちんと思い起こしとった。そんなこんなの間にグレゴールは力の限り窓に目をこらしたものの見えるもん言うたら狭い通りの反対っ側を覆う朝の霧くらいで、何ほどの自信や元気がわいてくるもんではなかった。「もう七時やがな」目覚ましがまた鳴ってグレゴールはつぶやいた。「もう七時や言うのにあいかわらずのこんな霧か」それからちょっとの間、身動きを止めてか細う呼吸した。そうやってじっとしておれば、現実としてのみこめる状態に戻れるんやなかろうかと期待しとるみたいやった。

またグレゴールは独り言を言うた。「七時十五分を打つまでには何がなんでもベッドから出とかんならん。だいいち、それまでに誰ぞ店からわけを聞きに来るやろしな、店は七時前に開くんやから」それからグレゴールは体全体を均等に揺らしてベッドを出る作業に取っかかった。このやり方でベッドから落っこちる分には、落ちる瞬間に頭をしっかり上に向けとくことで頭の負傷を十中八九避けられる。背中は固いみたいやからじゅうたんに落ちたところでどないもなかろう。一番の気がかりはドーンと派手な音が響くことやった。それはばっかりは避けられんやろうし、全部のドアの向こうでみな驚きはせんにしても心配する公算は大きい。それでもやるしかあれへん。

グレゴールが体を半分くらいベッドからはみ出させたとき――新しいやり方は骨折りいうより遊びやった、体をユッサユッサと揺らしゃよかったから――ふと気がついた。誰ぞ手伝いに来てくれたらどんだけ話が早いか。力持ちが二人――グレゴールは父親と女中を思い出した――おったら十分や。丸うふくらんだ背中の下に腕を突っこんでベッドからひっぺがして、グレゴールを抱えたまんまでかがんだら、後は注意深く待ってさえもらえりゃ床の上で体をひっくり返せる。そうなりゃ無数の脚が役に立ってくれるやろう。もっとも、ドアっちゅうドアに鍵をかけてることはともかく、ほんまに手助けなんぞ呼んだもんかいな？　こんだけ難儀しとるくせに、グレゴールはこない考えるとどうにもニヤけずにはおられんかった。

さらに強う体を揺すったらバランスを崩すところまできとったし、あと五分で七時十五分やからグレゴールは今すぐにでも腹を決めんならん状況やった――そんとき玄関のベルが鳴った。「誰ぞ店から来よったな」とグレゴールはつぶやいて体をこわばらせた。その一方で無数の脚がさらにせわしのう踊った。一瞬、あたりは静まりかえった。「開けたらへんねんな」と独り言を言いもってグレゴールはある種理屈に合わん望みを抱いた。けど当然ながら女中が、例によって足取りもたくましくドアまで来て、開けた。来訪者があいさつした第一声を聞いただけでグレゴールはそいつが誰か分かった――支配人じきじきのお出ましや。何の因果でグレゴールだけが、ほんの少し遅れただけでただちにこれ以上はないほど疑われるような会社に勤めるハメになったんか？　会社員というやつは一人残らずロクデナシで、朝のたった二〜三時間を仕事に費やさなんだばっかりに気がとがめておかしなりそうで、まさにそのせいでベッドから出られへん、そういうまごころや忠誠心のあるやつはおらんってのか？　正味、[9] わけを尋ねるんなら見習いを寄こしゃしまいやないか――そもそも様子見が必要やとしての話やが――、支配人御自らがおいでになって、この疑わしい案件の調査はひとえに支配人様の胸先三寸やと何の罪もない家族に見せつける必要があんのんか？　まともに腹をくくった結果というよりはこないなこと

9　正味……実際のところ

を考えて頭に血がのぼった結果として、グレゴールは全力で体を揺すってベッドから転げ落ちた。ドスンと音はしたものの大音響というわけでもなかった。ちょっとは落下の衝撃をじゅうたんがやわらげてくれたし背中もグレゴールが思ってたより弾力があったから、大きくはないこもった音がしただけやった。ただ頭だけはうかつにもぶっつけてしもうた。腹が立つやら痛いやらでグレゴールは頭をしきりに動かしてじゅうたんになすりつけた。

「中でなんぞ落ちましたな」支配人が左隣の部屋で言うた。グレゴールは想像してみた。いっぺん支配人も今日の自分と同じような目にあわんもんか。まったくありえんと断言はできん。けどこの問いにそっけなく答えるみたいに支配人は隣の部屋でツカ、ツカ、ツカと歩いてエナメル靴をキュッキュキュッキュ鳴らした。右隣の部屋から妹がグレゴールに、空気読めと言いたげにささやいた。「グレゴール、支配人さんやで」「分かっとるがな」とグレゴールは口走ったものの、妹に聞こえるほど声をはり上げようとはせなんだ。

「グレゴール」今度は父親が左隣の部屋から言うた。「支配人さんがお見えになってな、お前が朝の列車で出勤せなんだわけをお尋ねや。何とお答えしたらええか、わしら分からん。なんしか[10]お前と腹割って話したいと言うてはる。せやからドアを開けぇ。部屋が散らかっとっても堪忍してくれはるやろ」「おはようザムザ君」とその間に支配人が親しげに口をはさんだ。「具合が悪いんです」父親がドアに向かって話しかけとる間に母親が支配人に言うた。「具合が悪いんです、嘘ちゃいます支配人さん。そうでのうてグレゴールが列車に遅れたりしますかいな！　あの子は仕事のことしか頭にありませんねん。夜遊びひとつせえへんから、私の方が気ぃもんでるくらいです。今かて町に滞在して一週間になりますのに、毎晩家にいてますねん。私らとテーブルに座って静かに新聞読んだり時刻表とにらめっこしたり。糸ノコ細工をしておれば気が晴れるような子ですねん。例えばね、この二晩三晩で小さい額縁をこしらえまして。びっくりしはりますよ、ほんまきれいですよって。部屋ん中にかかってます。グレゴールが部屋を開けたらすぐ見えますわ。とにかくおいでくだ

10　なんしか……ともあれ、とにかく

さってよかったですわ、支配人さん。私らだけやったらグレゴールはドアを開けしませんやろから。ほんまにがんこな子でして。それにやっぱり具合が悪いんです、今朝は大丈夫や言うてましたけど」「すぐ行きますて」とグレゴールはゆっくり慎重に言うてみなの会話を一言たりとも聞き逃すまいと身動きを止めた。「奥さん、私もそない思います」支配人が言うた。「重症やなかったらええですな。ただ申し上げんならんのですが他方では、私らビジネスマンいうもんは——あいにくと言いますか幸いと言いますか——多少の不調は商売のことを考えてチャチャッと治してしまわんならんのが常なんですわ」「もう支配人さんにお入りいただいてかめへんやろな?」いらち来た父親が尋ねてまたドアをノックした。「あきません」グレゴールは言うた。左隣の部屋に重苦しい沈黙が忍びこみ、右隣の部屋で妹がすすり泣きし始めた。

妹が他のみなのとこに行けへんのはなんでや? おおかたベッドから出たばっかしで服を着始めてもおらんのやろ。で、泣いとんのはなんでや? グレゴールは起きとらんわ支配人を中に入れへんわ、クビになるか否かの瀬戸際やわ、加えてもしそうなったら社長が両親相手に昔の借金を蒸し返しかねんわ、ということが理由か？　しかしそれは差し当たり杞憂というもんや。グレゴールはまだここにおるし家族を見捨てる気なんぞさらさらない。グレゴールは今げんにじゅうたんの上におるわけで、グレゴールのおかれた状況を分かっておれば本気で支配人を中にお通しせえとは誰も言うまい。こんなささいな非礼は後からどないとでも言いわけできそうなもんやし、これですぐさまグレゴールがクビになるってもんでもない。グレゴールからしたら、泣くわ諭すわで邪魔をするより今はそっとしといてくれた方がよほど合理的やった。もっともこのあやふやな態度のせいでみな途方に暮れて、自分らのやっとることは正しいと考えとるんではあった。

「ザムザ君」支配人は声のトーンを上げて呼びかけた。「ほんまにどないしてん？部屋に立てこもって返事いうたらハイかイイエだけ、ご両親にはいらん心配をおかけして——ついで程度に言うけどやね——仕事上の義務も前代未聞のやり口で放り出してからに[11]。ご両親と社長の名において言うけどやな、今すぐはっきりと説明し

11　からに……やがって

てくれるよう本気で頼むで。ほんまビックリ仰天や。君は冷静で分別のある人やと思うとったけど、急に突拍子もない気まぐれを次から次へとやらかす気になってしもたみたいやね。社長が今朝がた、君の遅刻をこないほのめかしたんや——最近君が任された集金がらみやと。私は誓いに近いくらい真剣にとりなしたんやで、お言葉ですがそのおっしゃりようは間違うてますとな。せやけどこないして君のわけの分からん片意地はりを見とると、わずかでも君の力になったる気がまるっきり失せるわ。君の立場かて必ずしも安泰とは限らん。もともと君と二人っきりになったうえで洗いざらい話すつもりやったんやけど、こうも私に時間の無駄をさせてくれるからにはご両親の耳にも入れていかん理由もなかろう。君の成績はここんとこロクなもんやなかった。確かに今は特別に上り調子の商売ができるシーズンやない、それは誰かて分かっとる。けどな、まるで商売にならんシーズンというもんはないねん、ザムザ君。あってはならんのや」「そらそうですけど支配人さん」グレゴールは夢中で叫んだ。興奮のあまり他のことは一切合切頭から消し飛んだ。「今すぐ開けますよって。ちょっと気分が悪うて、目まいもしたんで起きられへんかったんです。

今はまだベッドん中です。けどもうだいぶようなりました。ちょうどベッドから出るとこです。ちょっとだけ待ったってください！　まだ思ったほど回復してませんけど、ようはなって[12]ます。何の因果でこないな目にあうんでしょうねぇ！　夕べは元気やったんですよ、両親も知ってます。いや、夕べっから少し初期症状はあったかもしれません。はたから見てたら分かりましたやろ。なんでこれを店に報告せなんだかなぁ！　そら病気くらい家でじっとしとらんでも治るて思いますわいな。支配人さん！　どうか両親にご配慮ください！　今しがた私を非難して言わはったことはみな根も葉もあらしません。あんなん誰にも言われた覚えありませんから。最新の注文書、お送りしましてんけど、お読みやないんでしょうね。なんしか[13]八時の列車で行きますわ。二～三時間休んでようなりましたよって。[14]どうぞお引き取りください、支配人さん。すぐに自力で出勤しますから、どうか社長によろしくおとりなし

12　ようは……よくは
13　なんしか……とにかく
14　ようなりましたよって……よくなりましたから

願います！」

自分が何を言うとんのか分かりもせんと一気にまくしたてる間にグレゴールは、ベッドで積んだ練習のおかげでタンスにあっさり接近できて、タンスにつかまって体をまっすぐ起こそうとした。グレゴールは本気でドアを開けて姿を現し、支配人と話すつもりやった。今こんだけグレゴールに会いたがってるみなが、いざグレゴールを見たら何と言うやら興味津々やった。みながびっくりしたらもうグレゴールには責任はないわけやから落ち着いとったらええ。逆にみなが平然と万事を受け入れてくれたらグレゴールもアタフタする理由はないわけで、急げば八時に駅におることもできる。最初は何べんかツルツルのタンスから滑り落ちたものの、ついに一回弾みをつけて体を起こした。体の下側が火でもついたように痛かったけどもはや気にもとめなんだ。手近な椅子の背もたれに倒れかかってそのふちに脚でしっかりしがみついた。そうやってグレゴールは我に返って口をつぐんだ。支配人の言葉が聞こえてきたからやった。

「一言でも分かりましたか？」支配人が両親に尋ねた。「私らをおちょくっとんちゃいますやろな?」「んなアホな」涙ながらに母親は言うた。「あの子はたぶん重病なんですよ、せやのに私らはあの子を責めたりして。グレーテ! グレーテ!」「お母さん?」部屋の反対っ側から妹が言うた。グレゴールの部屋をはさんで両側から話し合うとったわけや。「すぐにお医者さんとこ行っといで。グレゴールは病気やわ。グレゴールの話聞いとった?」「動物の声でんな」そない言う支配人の声は母親の金切り声と反対にえらく低かった。「アンナ! アンナ!」玄関ホール越しに父親が台所に声をかけて手を叩いた。「すぐ鍵屋を呼んでくれ!」言われたはたから若い娘二人はスカートひるがえして玄関ホールを走り抜け——いったいどないして妹はそんな手早《ばよ》う服を着てん?——玄関のドアをバーンと開けた。ドアを閉める音は聞こえんかった。開けっ放しやった。大きい不幸におうた家にはようあるこっちゃ。

せやけどグレゴールはどんどん冷静になっていった。グレゴールには自分の言葉がさらにはっきり聞き取れたけど、それは恐らく耳が慣れたせいであって、誰にも一言も理解できんかった。ただグレゴールが尋常ならざる状況におることだけはみな疑わなんだし、グレゴールを助ける腹も決めとった。最初の指示は揺るぎない確信をもってくだされ、その確信にグレゴールは満足した。人間様の仲間に戻れた気がしたし、医者と鍵屋が、グレゴールはこの二つを特段分けては考えなんだが、驚くばかりの成果を上げてくれると思えた。目前に迫る決定的な話し合いにそなえて最大限はっきりした声を出せるよう軽く咳払いした。もっともできるだけおさえ気味で。この音にしてからが人間の咳払いには聞こえへんかもしれんし、その辺を自分で判断できる自信はあれへんかった。隣の部屋はそんなこんなの間に静まり返った。両親が支配人と一緒にテーブルで声をひそめて話しとるか、みんなしてドアにへばりついて聞き耳を立てるかしとるらしい。

グレゴールはじりじり椅子ごとドアに近づくと、椅子をその場に残してドアに飛びつきまっすぐの体勢でしがみついて——脚には球がついてて、そっからちょっとばかり粘液が出とった——大仕事の合間の一息をついた。それから、鍵穴にささってる鍵を口で回す仕事に取っかかった。あいにくグレゴールには歯というもんはないらしく——そんなんでどうやって鍵をくわえたらええのやら？——代わりにあごがめっぽう強力やった。そのおかげで鍵は確かに動かすことができた。茶色い液体が口から流れて鍵づたいに床にしたたっとることからして何かしら傷ができとることとは間違いなかったけど、自分では気づかなんだ。「聞きなはれ」支配人が隣の部屋で言うた。「鍵を回してまっせ」これが大いにグレゴールの背中を押した。とは言えみなグレゴールに声のひとつもかけたってもよさそうなもんではあった。「がんばりや、グレゴール」とか「その調子や、しっかり鍵に食いつけ！」とか言うてやっても罰はあたるまいに。自分の大奮闘をみなが固唾をのんで見守ってくれてるという一心で、グレゴールは気も遠くなるくらい渾身の力でもって鍵に食いついた。鍵が回るにつれてグレゴールは鍵穴の周りをドタバタと踊った。口だけを頼りにまっすぐ立って、必要に応じて鍵にぶら下がったり全体重で鍵を下に押し戻したりした。澄んだ音を立ててとうとう鍵は元の位置にカチリとはまって、その音でグレゴールは文字通り我に返った。大きくため息つきもって「これで鍵屋はいらんな」とつぶやいてグレゴールは頭をレバーに押しつけ、ドアを完全に開けようとした。

ドアを開けるにはこないなやり方しかあれへんかったから、ドアはすっかり開いたものの、グレゴールの姿はまだみなの目には触れなんだ。グレゴールははじめゆっくりとドアの片っ方を迂回した。それも、部屋の入り口前で仰向けにぶっ倒れるぶざまをやらかしとうないなら細心の注意が必要やった。グレゴールはこの大仕事でいっぱいいっぱいになっとって他のことを気にする暇がなかった、とそこへ聞こえたのは支配人が「ゲッ！」と叫ぶ声――さながら吹き抜ける風――そんで見えたのはドアのいっちゃん近くにおる支配人が、ポカンと開いた口に片手を押しつけて、目には見えんけど体全体を前から押す力に追いやられるみたいにジリジリ後ずさりする姿。母親は――支配人がおるっちゅうのに夕べっからほどいたまんまの髪がみごとに逆立っとった――まず手を組んでじっと父親を見た。それから二歩グレゴールの方に進むとスカートが広がる真ん中にヘナヘナとくずおれて、顔も胸に埋もれようかというくらいうつむいた。父親が憎たらしそうに拳を握った様子は、グレゴールを部屋に押し戻そうとしとるみたいや。そうか思たらオドオドと居間を見回して、両手で目を覆って、たくましい胸が震えるくらい泣いた。

グレゴールは脚の一本たりとも部屋に踏み入れなんだ。固定してる方のドアにもたれとって、体の半分とかしげた頭しか見えへんかった。その頭でグレゴールはみなのおる方をのぞきこんだ。その間にだいぶ明るうなっとった。通りの反対っ側に立つ向かい合わせの、端も見えんほど長い、濃いグレーの建物――病院やった――の一部がはっきり見える。その正面には一定間隔でぶち抜くように窓が開いとる。雨はまだ降っとるものの、一つ一つ目に見えるくらい大きい滴が文字通りピチョンピチョンと地面を叩いとるだけ。朝めし用の食器がテーブルにどっちゃりそろえてある。父親にとって朝めしはいっちゃん重要な食事であってその最中に新聞各紙を何時間も読んでねばる、それが理由やった。真向かいの壁にはグレゴールが軍隊時代に撮った、明らかに少尉と分かる写真がかかっとった。手は軍刀に、くったくない笑顔、自分の行いと制服に敬意を払ってくれと言いたげ。玄関ホールに通じるドアも玄関も開いとったから住居の玄関も下の階に続く階段の始まる場所も見通せた。

「ほな」と口を開いたグレゴールは自覚しとった。冷静さを保っとんのは自分だけやと。「すぐに服着て、商品を荷造りしたら列車で行きますよって。ねえ、行かしてくれますね? ええと、支配人さん、お分かりでしょう、私は強情っぱりやないし仕事も大好きです。出張はえらいですけど出張なしには生きてけません。どちらへ行かはりますの、支配人さん？　店ですか？　そうですか？　なんもかも事実の通りに報告してくれはりますか？　ちょっとの間仕事にならんときはありまっけど、そないなときこそこれまでの実績を思い出して、厄介ごとさえ片付いたら前にも増して仕事に精出すと思ってくれはってもええでしょう。社長には山ほど義理がありますし、支配人さんもそれはご存知ですやんか。両親と妹も気がかりです。今は難儀なことになってますけど、どないかしますわ。これ以上しんどい目にはあわさんとってください。店で私の力になったってください！　セールスマンは嫌われるもんです、そら分かってます。大金稼いで優雅な暮らしや思われてますよってね。特段のキッカケもないからこんな先入観をじっくり考え直してももらえんし。せやけどですね、支配人さんは他の連中よりも状況がよう見えてはるんですよ、それどころかここだけの話、社長よりもね。社長は企業家のさがで判断をゆがめがちですよって。セールスマンは年がら年中店を出とるせいで陰口とか不意のトラブルとか身に覚えのない文句の犠牲になりがちなことも支配人さんはようお分かりです。かと言うて自衛は無理です。自分の耳にはまず入ってきませんし、出張を終えてバタンキューで家に帰ってやっとこさ、原因も分からん悪い結果がわが身に起きてんのに気ぃつくくらいですから。後生です支配人さん、行かはる前になんぞ一言、私の言うこともちょっとは筋が通ってると思えるようなことを言うたってください！」

せやけど支配人はグレゴールが最初の一言を言うか言わんかのうちに背を向けてしもうて、ガタガタ震える肩越しに唇とんがらしてグレゴールの方を見ただけ。グレゴールが話しとる間ひとときもじっとしとらん。グレゴールから目を離すこともできんとドアに向かって少しずつ、部屋を離れることなかれと内密に命令されとるみたいにほんまに少しずつトンズラしようとしとった。もう玄関ホールにまで来とった支配人が急に動いて最後の一足を居間から引っこ抜いたところは、はた目にはその瞬間足の裏を焼かれでもしたみたいに見えたやろう。玄関ホールで右手を階段に向けて伸ばした姿は、まさしく天の助けを待つが如し。

支配人をこないな心理状態で行かせることは何としてもあってはならんとグレゴールは分かっとった。この一件が店での立場を危うくすんのをどうしても避けたいなら。両親はそこらへんがあんじょう分かっとらん[15]。グレゴールはこの店で死ぬまで厄介になれると長年信じて疑うためしがない。かてて加えて今は目の前の災難で手一杯、先の見通しが立とうはずもあれへん。せやけどグレゴールはこの点がちゃんと見通せた。支配人を引きとめて、落ち着かせて、言いくるめて、最後には味方につけんならん。グレゴールと家族の将来はそこにかかっとんやないか！　妹がここにおったらどんだけ助かるか！　妹は賢い。グレゴールが静かにひっくり返ってたときにはもう涙を流しとった。女に優しい支配人なら妹に同情すること間違いなし。妹なら玄関を閉めて玄関ホールで支配人に、恐がらずとも大丈夫でございますと言い聞かせることも期待できる。しかし妹はそこにおらん、となるとグレゴールが自分でどないかせんならん。グレゴールはろくすっぽ考えもせなんだが、今自分は動く能力がどんな具合かまだ把握できとらんし、自分の話すことも恐らく――と言うより間違いなしに今回も通じとらん。せやのにグレゴールはドアを離れた。

15　あんじょう……きちんと

ドアの開いた間をジリジリと進んだ。支配人めがけて進もうとはしたものの、当の支配人は玄関先の手すりをみっともないかっこで両手で握りしめとった。グレゴールはつかまるとこを探したもののすぐにワッと叫んで腹ばいに倒れた。そうなった瞬間、グレゴールはこの朝初めて自分の体を快適に感じた。無数の脚がしっかり床をつかまえる。そんでグレゴールの命令を完遂するんやから、そら嬉しかろう。それどころか労を惜しまんとグレゴールを望みの場所へと連れて行ってくれる。悩ましいあれやこれやが片っ端からチャラになろうとしてる気さえした。ところがまさにその瞬間、グレゴールがおずおずと動く前に体を揺すって、母親からほど近い場所で向かい合わせに這いつくばったその瞬間、茫然自失の体に見えた母親がいきなり立ち上がって、腕を伸ばして指を開いて叫んだ。「助けて、神さん、助けてー!」うつむいた姿はグレゴールをもっとよう見ようとしとるようやったけど、それとあべこべに我知らず後ろに走った。背後には食事の用意が整ったテーブルがあんのを忘れとった。そこに行きついたらすぐさま、放心したみたいにテーブルに座った。自分の横でひっくり返った大きいポットからコーヒーがザアザアじゅうたんへと流れてんのにも気づいとらんようやった。

「お母さん、お母さん」とグレゴールはささやいて母親を見上げた。支配人のことは一瞬頭から消し飛んどった。それと反対に、コーヒーが流れる光景を目の当たりにして口をパクパクさせずにはおられんかった。それを見て母親はまた悲鳴を上げて、テーブルから逃げて、自分に駆け寄って来た父親の腕に倒れこんだ。けどグレゴールは両親にかまう暇はなかった。支配人がもう階段の上におったからや。あごは手すりの上、最後にもっぺん振り返った。グレゴールは何としても支配人に追いつくべく助走をつけた。支配人はひとっ跳びで何段も降りて姿をくらました、ということは何かの予感はあったわけや。「ひぃー!」とさらに叫んだその声が階段の端から端まで響いた。こうして支配人がトンズラしたせいもあって父親は、それまではなんぼか冷静やったのに悲しいかな完全に血迷うたらしい。自分で支配人を追っかけるかせめてグレゴールの前進を邪魔せなんだらええものを、右手には支配人が帽子や上着といっしょくたで椅子の上にほったらかしにしとったステッキ、左手にはテーブルからひっつかんだ新聞、ドスドス足を踏み鳴らすわステッキと新聞をぶん回すわでグレゴールを部屋に追っ立てはじめるていたらく。グレゴールの懇願は聞き入れてもらえんしそもそも通じとらん。従順そうに頭を回したところで父親はよけいに力を入れてドスンと足を踏み鳴らすだけ。向こうでは母親がくそ寒いのもおかまいなしで窓をガッと開けて、めいっぱい突き出した顔を両手ではさんだ。通路と階段の吹き抜けの間に強風が吹いてカーテンがひるがえり、テーブルの新聞がバタバタとはためいて何枚か床に落ちた。情け容赦なしに父親はシッシッと吐き捨ててグレゴールを野蛮人さながらに追っ立てた。ところがグレゴールはバックの練習をしておらんので、ことの進みはほんまに遅い。方向転換さえさせてもらえたらグレゴールはすぐにでも部屋にすっこんだやろうけど、方向転換に手間取って父親がいらち来んのを恐れておったし、もっと言うと父親の握りしめたステッキで必殺の一撃が背中か頭にブチこまれるんやなかろうかと気が気でなかった。とは言え他に残された道はあれへん。下手にバックなんぞしたら進むべき方向すら分からんようになると気づいて恐くなった。そんなわけでしじゅう不安そうに横目で父親を見もって、できる限り急いで、とは言うものの実際にはまことにノロクサと方向転換し始めた。父親はグレゴールの善意に気づいたもんと見えて、邪魔せんどころか向きを変える動きをこっちやそっちやと遠くからステッキの先で指示したった。ただ父親のシッシッという声だけは耐えがたい、これさえなかったらええんやが！　そのせいでグレゴールはまともに頭が働かん。方向転換はほぼ終わったものの、このシッシッという声をしじゅう聞かされて見当が狂うて少し逆戻りする始末。けどどうにかこうにか頭が開いた側のドアに届いたとき、グレゴールの体は幅があり過ぎてそのまんまでは通れんことが分かった。むろん父親も父親でドアのもう片っ方を開けてグレゴールが通れる道を開いたることなんぞ思いつく状態やなかった。グレゴールめ、とっとと部屋にすっこみさらせ。[16]それだけが父親の確固たる信念やった。グレゴールは体をまっすぐ起こすにも手のかかる準備がいるし、おそらくこのやり方でドアを通り抜けるにあたってもそれは同じやろうけど、それすら認めてくれそうにない。むしろ何の邪魔もなかろうがとばかりにいっそうやかましぃ騒いで

16　すっこみさらせ……引っこみやがれ

グレゴールを前へ前へと追い立てた。グレゴールの背後に聞こえる声はもはや、他ならぬ父親の声には聞こえんかった。冗談もへったくれもなしにグレゴールは――後はどうなとなりさらせ――ドアの間に突き進んだ。体の片側が持ち上がって、開いた側のドアに斜めにもたれるかっこになった。わき腹はすり傷だらけで白いドアに汚らしいシミが残った。じきに体がはまりこんでしもうた。自力では身動きひとつ取れそうにない。片側の脚はワヤワヤとむなしく虚空を蹴るばかり、反対側の脚は床に圧迫されて痛い――そこへ父親が背後から、決着の強烈な一撃をくれた。グレゴールは血だらけで部屋の奥まで吹っとんだ。ドアがステッキで閉められて、やっと騒ぎはおさまった。

II

夕暮れどき、やっとグレゴールは人事不省も同然の眠りから目を覚ました。何の邪魔も入らんでもどのみちほどなく起きたやろうというくらいぐっすり眠った爽快な目覚めやった。とは言うものの、逃げるような足音と玄関に続くドアを慎重に閉める気配とで目が覚めた、グレゴールはそんな気がした。電気じかけの街灯が投げかける光が天井や家具の上の端をあちこち青白う照らしとったけど、グレゴールのおる床のあたりは真っ暗やった。ゆっくりと、まだ不慣れな様子ながら触角で探りもってドアに向かい、初めてグレゴールは触角のありがたみが分かった。そこで何が起こったんか確かめたかった。体の左っ側は不気味にひきつれた一本の長い傷みたいで、二列に並んだ脚でほんまギクシャク進む他なかった。その一方で脚が一本、午前中の出来事の間に重傷を負うて――傷を負うた脚が一本ですんだんは奇跡に近い――動くこともなくズルズル引きずられた。

ドアのそばで初めてグレゴールは自分が何に吸い寄せられてそこまで来たんか分かった。食いもんの匂いやった。ボウルいっぱいの甘い牛乳に白パンの細切れが浮かんどる。嬉しさのあまり笑い出しそうになった。なんせ朝以上に腹が減っとる。早速目の上までが牛乳につかろうかというほど深々と頭をつっこんだ。ところがすぐにガッカリして頭を引っこめた。体の左っ側が厄介でものを食うのも一苦労というだけでのうて、息切れするほど体中を総動員せんとものが食えん。加えて、以前はグレゴールの大好物で、だからこそ妹も差し入れてくれたはずの牛乳がうまくもなんともない。まさしくぞっとする思いでグレゴールはボウルを残して部屋の真ん中に這い戻った。

グレゴールがドアのすきまからのぞいてみると居間にはガスの明かりがともっとった。ただいつもならこの時刻は父親が夕刊を母親に、たまに妹にも声はり上げて読み聞かせる習慣なんやが、今はこそとの物音も聞こえへん。まあこの読み聞かせ、グレゴールに妹がいつも話したり手紙に書いたりしてくれとったけど、最近はまるっきりやめてしまうとるんやろう。それにしたかて家中静かにもほどがある、空き家でもあるまいし。「なんと静かな暮らしぶりや」そうつぶやいてグレゴールは真っ暗闇を身じろぎひとつせんと見つめて、両親と妹にこんだけの生活を上等な家でさせてんのはおれやないかと胸をはりとうなった。せやけどもし今、平和も豊かな暮らしも満足も、恐怖とともに終わる他あれへんとしたら？　そんな考えで頭がいっぱいになるよりマシとグレゴールは体を動かして部屋をあちこち這い回った。

長い夜の間に横のドアが一回、反対っ側のドアも一回、ちょっとだけ開いてすぐまたバタンと閉じた。誰かがどうしても中に入りとうなったものの、あれこれと考え直したもんらしい。恐る恐る部屋を訪ねてくれた人をどないかして中に入れよう、せめてそれが誰か確かめるだけでもしようと決めてグレゴールは居間に通じるドアのそばにへばりついた。ところがもうドアが開くことはなく、グレゴールは無駄に待つはめになった。今朝ドアに鍵がかかっとったときは、みな中に入ってグレゴールに会いたがった。それが今、ドアの片っぽはグレゴールが開けてもう片っぽも昼の間に開けられたっちゅうのに、誰一人来ようとはせん。おまけに今度は外側から鍵がかかっとる。

夜が更けてやっと居間の明かりが消えた。両親と妹がつま先歩きで立ち去る足音がはっきり聞こえて、三人ともえらい遅うまで起きとったことが容易に分かった。ほな朝まで誰も来ぇへんなというわけで、誰の邪魔もなしに、自分の生活をどう組み立て直すべきかと考える時間をたっぷり取れた。ただ天井の高いガランとした部屋でグレゴールは床に這いつくばる他無《の》うて、五年前から住んでる部屋やというのにわけも分からず不安に襲われた——半ば無意識に体の向きを変えて、多少の恥ずかしさも手伝うて、ソファの下に駆けこんだ。背中は若干つっかえるし頭はいっこも上げられへんしではあったけどすぐリラックスできた。体の幅があり過ぎてソファの下におさまりきらんことだけが残念ではあった。

その場所でグレゴールは一晩中ウトウトしたり腹が減って目を覚ましたり、かと思うと気をもんだり漠然と希望を抱いたりして過ごし、最終的にはこないな結論に達した。差し当たり自分は冷静でおらねばならん。家族がこらえてできる限りの配慮をしてくれたらこの難儀な事態にも耐えられるに違いない。もっとも当の自分がこんなんやからこそその難儀な事態になっとるんやけど。

夜も明けきらん早朝、グレゴールの決意のほどを試す機会がやってきた。つまり、着替えをすませた妹が玄関ホールからドアを開けて恐る恐るのぞきこんだ。妹がグレゴールの姿を目にするまでちょっと時間がかかったが、ソファの下におるのに気づいたとたん――そらどっかしらにはおるわいな、飛んで逃げられるわけやなし――妹は縮み上がって無我夢中で外からドアを力いっぱい閉めた。けど妹は自分のふるまいを悔やんだらしく、すぐまたドアを開けると重病人か見知らぬ他人のそばにでもおるみたいに忍び足でそうっと入った。グレゴールは頭をソファの端っこギリギリまで押し出して妹をじいっと観察した。牛乳をまるまる残しはしたけど決して腹が減っとらんわけではないと気づいて妹はもっとグレゴールに合うた他の食いもんを持って来てくれるか？　妹が自分からそないしてくれるんでなければ、こっちから働きかけて気づかせたるより飢え死にした方がマシやとグレゴールは思うた。そうではあるものの、ほんまはソファの下から飛び出して妹の足元にひれ伏して、なんぞうまいもんおくれと頼みとうてたまらんかった。妹はボウルがいっぱいのまんまで周りに少し牛乳が飛び散っとるだけであることに気づいて首をかしげると、すぐにボウルを引き上げて部屋から運び出した。もっとも素手やのうてゾウキンで。妹が代わりに何を持って来てくれるかグレゴールは知りとうてたまらず、あれやこれやと考えをめぐらせた。妹が心底よかれと思うてやってくれたこと、それはグレゴールの予想の斜め上を行っとった。グレゴールの好みを調べるべく選んだもんを古新聞に広げて持って来たのやった。鮮度が落ちて腐りかけの野菜、夕めしで残った骨にホワイトソースがこびりついたやつ、レーズンとアーモンド、二日前にはグレゴールがこんなもん食えんと言うたはずのチーズ、ひからびたパン、バターを塗ったパン、バターを塗って塩を振ったパン。加えて金輪際グレゴール以外には使わんと決めたらしいボウルが添えてあって、中身は水。グレゴールは自分の前では食べづらかろうと気をつこうて妹はすぐにその場を離れて鍵まで回した。おかげでグレゴールは思うがままにくつろいでええと分かった。さあめしや、となってグレゴールの脚はワシャワシャとうごめいた。ついでに言うと傷はすっかり治ったようで至ってスムーズに動けた。グレゴールはびっくりして、一か月以上前にナイフでほんのちょこっと切った跡が一昨日はまだけっこう痛かったことを思うた。「鈍うなったってことか？」と思いながらもグレゴールはチーズをがっついた。他の何よりこのチーズがグレゴールを強烈に引きつけた。喜びの涙さえ浮かべてチーズ、野菜、ソースと次々にたいらげた。新鮮な食いもんはその反対にいっこもうまいと思えん。匂いだけでもがまんできん。食いたいもんを引きずって遠ざけさえした。食うもん食うてそこにそのままぐうたら寝そべっとるところへ妹が、さあ奥へすっこんでちょうだいという合図にゆっくりと鍵を回した。うたた寝しかけとったもののこれでグレゴールは飛び起きて、一目散にソファの下へ戻った。ただ、妹が部屋におるわずかな時間とは言えソファの下にじっとしとるのは難行苦行もええところやった。なんせたらふく食うたもんやからグレゴールの体は少々ふくらんで、その狭い空間では呼吸すらままならん。窒息するんやなかろうかと涙すらにじむ眼でグレゴールが見ておると、それに気づかん妹はホウキでもって食い残しはおろかグレゴールが触れさえせなんだ食いもんさえいっしょくたにかき集めた。もはや用なしと言わんばかり。全部急いでバケツに放りこむと木のフタをして運び出した。妹が背を向けるが早いかグレゴールはソファの下から這い出して、体をグーッと伸ばしふくらました。

こういう手はずでグレゴールは毎日の食事にありついた。一回目は朝、両親と女中がまだ寝とる間。二回目はみなの昼めしの後、両親そろって短い昼寝をしてて女中が妹の言いつけで外に出とるとき。確かに誰もグレゴールめ飢えて死にさらせとは思うとらんものの、グレゴールの食事については妹から聞かされる以上にわが身をもって知ることには耐えられそうもなかった。妹としても極力どんな心労も与えんようにしたかったこっちゃろう、そうでのうても心労はありあまっとったのやから。

どない言いわけしてあの一日目の午前、医者と鍵屋を家から追い返したんかグレゴールは見当もつかんかった。グレゴールの言うことを誰も理解できんだけに、妹も含めて誰一人、グレゴールは他のもんが言うことを理解できるとは思わなんだ。そんなわけでグレゴールとしては、妹がグレゴールの部屋におるときほんのたまにため息をついたり聖人の名前を呼んだりするんを聞けりゃよしとする他なかった。妹が全てにちょっとは慣れた頃にやっと――完全に慣れることはもちろんあるまいけど――時々はグレゴールの耳に親しげな、あるいは親しげに聞こえる言葉が飛びこんでくるようになった。「今日は気に入ったみたいやわ」グレゴールが食事をきれいにたいらげたとき妹はそない言うたし、その反対のときは、そっちの方がだんだん多く繰り返されるようになっていったが、「またみんな残してるわ」と悲しそうに言うんが常やった。

新しいことを何ひとつ自分では見聞きできんグレゴールは隣り合う部屋から漏れ聞こえる声にたびたび耳をそばだてた。声のひとつも聞こえようもんなら、すぐさま手近なドアに駆け寄って全身を押しつけた。特にはじめのうちは、ひそひそ話であっても何かしらグレゴールに関係のある話ばかりやった。まる二日間食事のたんびに聞こえてきたのは、どないしてやってきゃええねんという相談。食事と食事の間にも同じことを話しとった。と言うのも、このありさまでは誰も家に一人でおりとうはないし、かと言うて何があろうと家を空けてはおけんので、いつも最低二人は家族が家におったから。女中も最初の日早々――あの出来事の何をどんだけ知っとったかは分からんが――平身低頭して母親に、一刻も早うクビにしてくださいませと頼みこんだ。その十五分後には別れを告げて、クビになったことを涙ながらに感謝した。その様子たるや、この家で受けた最も大きな恵みに感謝するが如し。さらにはどんなささいなことも決して人にはもらしませんと、求められてもおらんのにえらい顔で誓いを立てた。

さて妹は母親と協力して料理もせんならんようになった。もっともそんなに骨の折れるこっちゃなかった。なんせみなろくすっぽ食わん。一人が他のもんに食事をすすめても無駄で、「ありがとう、もうええわ」とか似たような返事しか返ってこん、そんなやりとりをグレゴールはたびたび聞いた。飲みもんにも誰も手を出さんらしい。たびたび妹は父親にビールはどうと尋ねて、取ってくるわとまごころこめて申し出た。父親が黙っておると、遠慮させんようにと気遣《づこ》うて管理人のおばちゃんに行ってもらおかと言うものの、父親はけんもほろろに大声で「いらん」。そんでこの話はおしまい。

事件初日早々に父親は財産のありったけと今後の見通しを母親にも妹にも説明した。時々テーブルの前に立って、五年前に倒産したときかろうじて救い出した小さい金庫から、証券やらメモやらを取り出した。手のこんだ鍵を開けて、探しもんが出てきたらまた閉める音が聞こえた。父親の説明には、グレゴールが部屋に閉じこめられてからこっち初めて聞くような吉報もあった。例の一件で父親はスッカラカンになったとグレゴールは思うとった。少なくとも父親はそれを否定するようなことをグレゴールに言わなんだし、グレゴールもグレゴールで尋ねようとはせなんだ。ありとあらゆる望みを奪った金の苦労を家族に少しでも早う忘れさせるべく粉骨砕身すること、その頃グレゴールの頭ん中はこれしかあれへんかった。なればこそグレゴールは火の玉みたいに働き始めたし、ほとんど一夜にして一介の店員からセールスマンに出世した。そうなりゃもちろん稼ぎの道は多種多様、仕事の成果はすぐ手数料として現金に化けてくれたし、家では驚き喜ぶ家族の前でテーブルにドンと置いたることもできた。素晴らしき日々、それはいつしか過ぎ去ってもう戻っては来んかった。少なくともこれほどの輝かしさでは。後々グレゴールは家族全員の支出をまかなうことができるくらい稼ぐようになって、実際にまかなってもおったのに。何ごとにも慣れというのはあるもんで、家族も感謝して金を受け取りグレゴールも喜んで渡してはおったものの、もはや特別のまごころが捧げられることはなかった。妹だけは変わることなく心を寄せてくれてて、グレゴールはひそかな計画を温めとった。グレゴールに似んと音楽が大好きでヴァイオリンを感動的に奏でる心得もある妹を来年、それが引き起こす巨額の負担も何のその、そんなもんは別途調達できるわいと踏んで、音楽学校に入れたろう、と。グレゴールが少し町におる間に妹としゃべっとって音楽学校の話になることはちょいちょいあったけどしょせんは美しい夢、実現なんぞ考えられなんだし、両親もこの無邪気な話を聞くだけで渋っ面をした。せやけどグレゴールの胸には明確なヴィジョンがあって、それをクリスマスイヴにおごそかに宣言する腹を決めとった。

そんな、今のありさまでは何の役にも立たん考えが、ドアに垂直にへばりついて聞き耳を立てる最中にもグレゴールの脳裏をよぎった。全身ぐったりで何も聞こえんと頭をうっかりドアにぶつけてまうこともたびたびで、すぐにつかまり直すものの、グレゴールが立てるささいな物音も隣の部屋で聞きとがめられてみな黙りこむ。「あいつまた何やっとんねん」少し間をおいて父親があからさまにドアに向かって言い捨てる。途切れた会話は少しずつ再開される。

ひとつには自分自身が長いこと家の金勘定に関わってへんかったし、もうひとつには母親が何ごともいっぺんでは理解できんので、父親は説明を繰り返すことが多かった。そのおかげで、あれこれ不運にはおうたものの昔貯めこんだ小金は残ってて、その間に手つかずの利子がついてわずかなりとも増えとることがグレゴールにも十分分かった。加えてグレゴールが毎月家に入れとった金は――自分の手元に残すんはほんの二～三グルデン（訳注：現在の日本円でいくらか正確には不明だが、実家暮らしのサラリーマンが自分一人のために残す金額と考えると高くても5万円程度と考えられる）――まるまる使い切ったわけやのうて、ちょっとした資金と呼べるくらいには貯まっとった。グレゴールはしきりにうなずいて、予想もせなんだ転ばぬ先の何とやらを喜んだ。実のところ、こんだけ金に余裕があんねやったら父親が社長に借りとる金ももっと早よ返せたやろうし、仕事におさらばできる日ももっと早よ訪れてくれたやろう。とは言えこうなってみるとどう考えても父親の対処の方が賢明やった。

ただ利子で一家が食うていける金額にはほど遠かった。恐らく一年、ようて二年なら一家そろって暮らしていけるっちゅうくらいで、それ以上のもんではなかった。その程度の金額でしかないから本来手をつけんとまさかのときに備えてとっとかんならん。生活費は稼がんならん。かと言うて父親は健康ではあってもじいさんで、五年間何の仕事もしとらんから自分でも自信はなかろう。労多くして実り少なかった人生で初の休暇となったこの五年で父親は、すっかり脂肪をたくわえたせいでおよそキビキビとは動けん体になった。ほな稼ぐのは年老いた母親の役目か？ぜんそくが悩みのタネで家ん中を歩き回んのも一苦労、二日に一回は開いた窓のそばにあるソファで呼吸困難をやり過ごす母親の？　ほな稼ぐんは妹の役目か？　歳は十七まだまだ子ども、かわいく着飾りたっぷりおねんね、家の用事をお手伝い、ときにはちょっとのお楽しみ、とりわけ大好きヴァイオリン、そんなことからなる暮らしをさせてもろとった妹の？　どないかして金を稼がなという点に話が及ぶとグレゴールはいつもまずドアから離れて、ドアのそばに置いてある革の冷たいソファに身を投げ出した。恥ずかしいやら悲しいやらで体が火照るからやった。

一晩中そこに寝そべって、まんじりともせず何時間もソファの革を引っかいて過ごすこともたびたび。そうか思たら労を惜しまず椅子を窓まで押しやって、窓の手すりまで這いのぼって椅子で体を支えて窓にもたれかかる。明らかに、かつて窓の外を眺めて感じた解放感をなんぼかは思い出しとった。と言うのも、実は日に日にグレゴールはほんの少ししか離れてへんとこにあるもんさえあんじょう見えへんようになっとったから。向かいに建っとる病院も、前は目ざわりでしゃあなかったのにもはやいっこも見えへん。もしグレゴールが、自分は静かなりとも間違いなく都会と言えるシャルロッテ通りに住んでるとちゃんと分かっとらなんだら、自分は窓から灰色の空と灰色の大地が混じり合うて見分けのつかへん荒野を眺めとると信じこんでしまいかねん。妹はよう気のつくたちで、椅子が窓のそばにあんのを二回見てからは部屋をきれいにした後は毎回椅子を元通り窓辺に押しやって、のみならず二重窓の内側を開けといたるようになった。

妹と話をして、自分のためにせんならん全てのことに感謝を伝えることができさえすれば、グレゴールも妹の献身をこない重荷に感じることはなかったやろう。ここがまさに悩みのタネやった。妹はなるほどバツの悪い思いをできるだけ悟らせまいとはしとったし、長い時間が経つにつれて当然それがうまくいくようにはなっとったけど、グレゴールも時が経って全てをより正確に見抜いた。妹が足を踏み入れるだけでグレゴールはびくついた。なんせ妹は足を踏み入れるが早いか、日頃は誰もグレゴールの部屋を見んですむよう細心の注意を払うとったはずがドアを閉める暇さえ惜しんで、窒息死でもすんのかという勢いで窓に突進してアタフタと窓を全開にし、なんぼ寒かろうがしばし窓際にとどまって深々と息を吸いこむありさま。このドッタンバッタンでグレゴールは日に二回びくつくはめになった。その間ずっとソファの下でガタガタ震えてはおるもののグレゴールも骨身にしみて分かってはおった。グレゴールがおる部屋に窓も開けんとおられるもんなら妹もこないな仕打ちはせんといてくれるに決まっとる、と。

グレゴールが変身してから一か月以上経って、グレゴールの姿を見たくらいではどうとも思わんようになったあるとき、妹はいつもよりちょっと早う来てグレゴールに出くわした。グレゴールは身動きひとつせんと、身の毛もよだつ姿をさらす棒立ちで窓の外を眺めとった。自分が邪魔んなって窓をすぐに開けられへんから妹も入るに入れんということは、グレゴールとしても予想外ではないはずやった。ところが妹は入って来んばかりか後ろに飛びのいて、ごていねいにドアまで閉めよった。事情を知らんもんが見たら、グレゴールが妹を待ち伏せて食いつこうとしたとでも即断しかねん。グレゴールは当然すぐソファの下に身を隠したけど妹がまた来てくれんのを昼まで待つはめになったし、妹もいつもと比べてずいぶんと落ち着かん様子やった。そないなわけでグレゴールは思い知った。妹からしたらグレゴールの姿を目の当たりにすんのは未だに耐えられへんし今後も耐えられへんままに違いない、ソファから体のわずかな一部が飛び出して見えただけでも逃げ出したいんを妹は死ぬ思いでこらえんならんのやと。妹がこんな情景を見んですむようにと、ある日グレゴールは背中にシーツを乗っけて――四時間がかりで――ソファにシーツをかぶせ、全身がすっぽり隠れて妹がかがみこんでも自分の姿が見えへんように整えた。妹はこないなシーツいらんと思うんであれば取っ払うやろう。どう考えてもグレゴールがまるっきりの孤独を楽しむためにやっとるわけちゃうんやから。けど妹はシーツをそのまんまにしといた。加えていっぺんグレゴールが頭で慎重にシーツを持ち上げて、この新たな試みを妹はどない思うとるか見てみたとき、グレゴールは感謝のまなざしを目にした気ぃさえした。

最初の二週間、両親はグレゴールの部屋に入る勇気がどうしてもわいてこんかった。二人は妹が今してくれとる仕事を文句なしに認めてる、そんな会話がちょいちょいグレゴールの耳に入った。役立たずの小娘くらいに思うとった妹に二人はかつてしょっちゅう腹を立てとったんやけれども。それが今や父親と母親の二人してグレゴールの部屋の前で待ち構えて、そん中のあれこれを片付けとった妹が出て来るが早いか妹にこと細こう話させた。中はどないな様子か、グレゴールは何を食うたか、グレゴールはどうしとるか、ちょっとでもようなる兆しはあったか。ところでほどなく母親はグレゴールのとこに行く気を起こしたけど、父親と妹は最初もっともな理由を並べて母親を引きとめた。グレゴールとしてもよう聞いてみたら至極もっともな理由やった。けどしまいには母親を力づくで止める他あれへんようになった。「グレゴールのとこに行かしてくれてもええやんか、あたしのかわいそうな息子やで！　分かれへんの？　あたしが行ったらなあかんねん！」と母親が声をはり上げたとき、母親が入ってくれたら大助かりやなかろうか、そら毎日とは言わんけど週にいっぺんくらい、とグレゴールは考えた。やっぱり母親の方が万事バッチリ心得てる。妹は勇気こそあるもののほんの子どもやし、とどのつまり大きな厄介を引き受けてくれてんのも子どもらしい浅はかさゆえでしかなかろう。

母親に会うというグレゴールの願いはじきに叶うた。日の高い間グレゴールは両親に気を遣《つこ》うて窓際に姿を現すことは控えるようになったけど、床を這いずり回れる範囲はたかだか二〜三平方メートル、夜の間じっと静かに過ごすのもそうとう忍耐力がいるし、食事すらいっこも楽しのうなって、壁や天井をタテヨコナナメに這い回って気晴らしする習慣がついた。特に天井からぶら下がるんが好きやった。床にへばりつくんと大違い。呼吸が楽になる。軽い震えが全身を走り抜ける。天井にぶら下がって気持ちよさにボーッとしとると思いがけず床にドスンと落っこって目を白黒さすこともあった。とは言うてもグレゴールは当然体のコントロールが上達しとるからそないな大事故におうてもケガひとつせん。グレゴールが見つけたこの新たなお楽しみに妹はすぐ気づいて——なんせあっちゃこっちゃ這うたびに粘液の跡が残るから——、グレゴールが最大限広々と這い回れるようにしたろう、その邪魔んなる家具、特にタンスと書き物机をいの一番に取っ払おうと考えついた。とは言うても妹が一人でこの仕事をやってのけられるもんでもない。父親に手助けを頼む勇気はなかったし、女中が手伝うてくれる見こみはゼロ。なるほどこの十六歳の娘は前の炊事婦に暇を出して以来気丈にしんぼうしてはくれとるものの特別に願い出て、台所に閉じこもってよし、特に呼ばれたときだけ開けるべしとしてもろうとった。そこで妹に残された道はただひとつ、父親のおらんすきに母親の手を借りること。喜びの声を上げてはしゃいだ様子で母親はやって来たもののグレゴールの部屋のドアを前にすると黙りこんだ。言うまでもなしにまず妹は部屋ん中がきっちり片付いてるかどうか検分した。それがすんで初めて妹は母親を中に入れた。グレゴールは大急ぎでシーツをさらに深く、さらにたわめてかけ直した。全体を、偶然シーツがソファにかかってるだけに見せる偽装やった。グレゴールは今回も、シーツの下からこっそりのぞくんはやめにした。母親の姿を見んのはあきらめて、来てもらえただけでありがたいと思うことにした。「来てええよ、見えへんから」そう言う妹が母親の手を引いてんのは明らかやった。かよわい女二人がそれでも重い古ダンスを動かす気配、あんまり無理がかかるんを心配して母親がヤイヤイ言うんを聞きもせんと妹が仕事の大部分を引き受ける気配をグレゴールは聞いて感じた。仕事は長丁場になった。十五分もうんとこさっとこしてから母親が言うた。タンスはやっぱりここに置いといた方がええんと違うかしら、ひとつには重過ぎてお父さんが帰ってくるまでには終わらへんやろうし、タンスが部屋の真ん中にドンとあったらグレゴールも邪魔でしゃあないやろうしね。もひとつ言うたら、家具をどけてグレゴールが喜んでくれるかどうか分かれへんやないの。あたしは逆みたいな気がすんのよ。なんもない壁を見とったらほんま気ぃめいるわ。グレゴールかてそんな気になって不思議やないで。やっぱり長いこと愛用しとった家具やし、カラッポの部屋に置き去りにされたて思いそうやわ。「ちゃうかしらねえ」母親は小声で、それこそささやくような声で締めくくった。グレゴールがまさにそこにおるとは気づいとらなんだものの、声の響きすら聞かれとうないみたいやった。グレゴールに言葉は理解できん、そう母親は思いこんどった。「せやしね、家具をどけてしもたら万にひとつはようなるかもっていう一縷の望みもあきらめて、あの子を見捨てたって言うようなもんと違う？　思うんやけどね、部屋をこのまま今まで通りにしとくんが一番かもしれへんで。そしたらグレゴールもあたしらのとこに戻ってくれたときに、なんも変わってへんのを見てこれまでのことをスッと忘れられるんちゃうかしら」

母親がこう話すんを聞いてグレゴールは思い知った。誰とじかに人間様の言葉を交わすこともなく家族だけに囲まれた単調な生活を二か月も続けとるうちに、おれの頭はきっとどないかなったんや。他に説明のしようがないで、部屋をカラッポのガランドウにしてほしいと真剣に思うやなんて。おれは本気で願うとったんか、あったかい、先祖伝来の家具で気持ちよう整った部屋をほら穴にしてまいたいと？そうなったら気が向くままの自由自在に這い回れんのは確かやけど、人間として生きた過去をすぐさま何から何まで忘れることにもなんねんで？　危うくそれを忘れるとこやった。久しぶりに聞いたおかんの声がガツンと思い出させてくれたわ。取っ払ってええもんなんかあれへん。何もかも残しとかんと。家具があることでおれが受けてる恩恵は絶対に必要や。家具が邪魔でアホみたいに這いずり回ることができんでも、それはデメリットやのうて大きなメリットなんや。

ところが妹はあいにく違う意見やった。まんざら根拠のないことでもないけど、グレゴールのことで話し合うとなると妹は事情通きどりで両親に異を唱えるんが常やった。そんな具合やからはじめはタンスと書き物机しか考えとらなんだはずの妹に、どうしても必要なソファだけ残して後は十把《じっぱ》ひとからげに撤去する十分な理由を、母親の忠告が与えてしもうた。もちろん子どもっぽい反抗心とか、ここしばらくの予期せぬ苦労で得た自信に駆られてそないな要求をしてるとかばかりではなかった。なんせグレゴールには這い回るスペースがたっぷりと必要で、反対に家具は見る限り何の役にも立っとらんいうことを、妹はその目でしかと見てとってた。もっとも年頃の娘らしい、いつなんどきでも自分の気のすむようにしたいしゃかりきな気持ちのせいでもあったやろうし、せやからグレーテはグレゴールをさらに劣悪な環境に追いこんで今まで以上に尽くしてやりたい思いに駆られとった。グレゴールがたった一人のっぺらぼうの壁に囲まれてのさばる空間に足を踏み入れる勇気のあるもんはグレーテ以外にまずおるまい。

そんな次第で、この部屋ん中では不安でたまらん様子の母親が何を言うたところでグレーテが決心をひるがえすことはなく、母親はすぐに口を閉ざして妹がタンスを運び出す力仕事を手伝うた。さてグレゴールとしてはタンスはいよいよとなったらあきらめもつくものの書き物机ばかりは死守せんならん。女二人ヒイコラうめいてタンスもろとも部屋を出るが早いか、グレゴールは頭をソファの下から突き出して検討した。慎重に、できる限りの配慮をしつつもこれを食い止めるにはどないしたらええか。ところが運の悪いことに先に戻って来たんは母親で、その間グレーテは隣の部屋でタンスにしがみついて、一人であっちへ揺すりこっちへ揺すりしつつもタンスを動かすことができんと往生しとった。[17] 母親はグレゴールの姿を見慣れとらんから気分が悪うなりかねん。グレゴールは大急ぎでソファの反対側の端っこへと後退したものの、シーツが少し前にずれてまうんのはどないしようもなかった。母親がグレゴールに気づくにはそんで十分やった。母親は一瞬立ち尽くすとグレーテのところに戻った。

17　往生しとった……困り果てていた

グレゴールは何べんも自分に言い聞かせた。天変地異が起こるわけやなし、家具の二つ三つ置き場所が変わるだけやないか。そう思いこもうとはするものの、女二人行ったり来たりしてはヒソヒソと声をかけ合うて家具を床の上で引きずるんが、四方八方から押し寄せるとてつもない騒音に思えんのは打ち消しようがなかった。頭も脚もギュッと縮こめて床にへばりつき、もうしんぼうならんとつぶやかずにはおられんかった。二人はおれの部屋をガランドウにしくさる。おれの大切なもんをみな持って行きやがる。糸ノコとか他の工具とかが入ったタンスはもう運び出した。床に根を生やした書き物机も引っこ抜いとる。商科大学の学生やったときも市立学校の生徒やったときも、さらには小学生やったときもこの机で課題をやっとったのに――二人の善意をじっくり考えとる暇はあれへんし、そもそもグレゴールは二人の存在すらほとんど忘れとった。なんせ二人ともくたびれきって黙って働くだけで、しんどそうな足音以外に聞こえるもんもなかった。

さてグレゴールが出て来て――女二人はちょうど隣の部屋で書き物机にもたれて一息入れとった――四方に進んでみたもののまずは何を救い出したものやらと迷っ

た。そこへ目に入ったんは、のっぺらぼうの壁を唯一飾る毛皮ずくめの婦人の絵やった。大急ぎでそっちに這うていってガラスに体を押しつけた。ピッタリと貼りついて火照った腹に気持ちよかった。グレゴールが覆いかぶさっとるこの絵ばかりはさすがに持って行けやせんやろう。グレゴールは頭を居間のドアに向けてねじ曲げて、女二人が戻って来んのを様子見することにした。

二人は休憩もそこそこに戻って来た。グレーテは母親に片腕を回して、ほとんど抱えとるようなかっこうやった。「ほな今度は何運ぶ？」と言うてグレーテはぐるりと見回した。そこでグレーテの視線は壁にへばりついたグレゴールの視線とかち合うた。ひとえに母親がおったればこそ取り乱さんとすんだグレーテは、かがんで母親の視線をさえぎりもって、とは言え震える声でろくすっぽ考える余裕もなしに「なあ、やっぱりちょっと居間に戻れへん？」と言うた。グレーテの腹はグレゴールには丸分かりやった。母親の身を安全なとこに置いたうえでグレゴールを壁から追っ払おうというわけや。よっしゃ、やれるもんならやってみぃ！　グレゴールは絵に居座って死んでも渡さん、渡すくらいならグレーテの顔に跳びついたるわいと腹をくくった。

ところがグレーテの言葉がヤブヘビになって母親がわきに寄ったところ、花柄の壁紙を汚すどでかい茶色のシミが母親の目に飛びこんだ。自分が見とんのはグレゴールやと気づくより先に「神さん、神さん！」としゃがれ声をはり上げた。母親はなんもかも放り出すみたいに両手を広げてソファにぶっ倒れ、ピクリとも動かんようになった。「グレゴールのドアホ！」と叫んで妹はこぶしを振り上げ刺すような目でにらんだ。あろうことか変身以来グレゴールに直接呼びかけた初めての言葉がこれやった。妹は隣の部屋に駆けこんだ。何かしら母親を失神から覚ましてやれそうな気つけ薬が欲しかった。グレゴールも手伝うてやりたいと思うたが――絵を救い出す時間はまだあるから――ガラスにピッタリ貼りついた体は無理から[18]やらんことにははがれてくれん。グレゴールも隣の部屋に駆けこんだ。妹にアドバイスのひとつもしたる気らしい。まだ昔のまんまのつもりか。でも結局は妹の背後で手をこ

18　無理から……無理やり

まねいとるだけ。あれこれのビンを引っかき回すさなかにふと後ろを向いて妹はまた仰天した。ビンがひとつ床に落ちて割れた。破片がグレゴールの顔を傷つけて腐食性の薬品が周りに流れた。長居は無用とグレーテは持てる限りのビンを抱えて母親のところに駆けつけた。蹴飛ばすようにドアを足で閉めた。グレゴールは母親からシャットアウトされたけど、自分が母親を死にそうな目にあわせたからではあった。せやからグレゴールはドアを開けるわけにもいかんし、母親のそばにおったらなあかん妹を追っ立てとうもなかった。もはや待つ他なし。自責の念と心配とで気も狂わんばかりのグレゴールは這いずり始めた。壁から家具から天井から、とにかくあらゆるもんの上を。部屋全体がグレゴールの周りをグルンと回り始めたとき、ついに絶望して大きいテーブルの真ん中に落ちた。

少し時間が経った。グレゴールはグッタリ横たわりあたりは物音ひとつせん。どうやらそれが吉兆やったらしい。ドアチャイムが鳴った。女中は台所にこもっとるから開けに行くんはグレーテの役回り。父親のご帰宅やった。「どないしてん?」開口一番父親はそない言うたもののグレーテの様子を見て全てを悟った。グレーテの答える声はくぐもっとって、顔を父親の胸にうずめてんのが分かる。「お母さんが気絶してん、もうようなったけど。グレゴールのアホが出て来よってん」「やっぱりや」父親が言うた。「せやからわしがさんざっぱら言うたやないか、それをお前ら聞きもせんと」グレゴールにははっきり分かった。父親はグレーテの手短か過ぎる説明を悪うとって、グレゴールが暴れでもしたと思いこんどる。そうなるとグレゴールとしてはなんとか父親をなだめんならん。ことの次第を説いて聞かせる暇も見こみもないねんから。そんなわけでグレゴールは自分の部屋のドアまで逃げて体をドアに押しつけた。そうすりゃ父親にも玄関ホールから入ってすぐに分かるはずやった。グレゴールはさっさと自分の部屋に引き返すつもりでそれを渋る気は毛ほどもないこと、追い返すまでもなくドアさえ開けてくれたらすぐさま姿を消す気でおることを。

ところが父親はそないな細かいことに気づいてやれる心境やなかった。「おわっ！」入るが早いか激怒と喜びが混じったような声で叫んだ。グレゴールは頭をドアから引き離して父親のおる方へもたげた。グレゴールが想像したこともない父親が、そこに立っとった。なるほど最近は新手の這いずり遊びにかまけて前みたいに他の部屋で起きてることを気にかけんようにはなっとった。ほんまは腹くくって状況の変化に向き合わなあかんかったのも確かや。それにしても、それにしても、これがあの父親か？　かつてグレゴールが出張に行くときはぐったりベッドにもぐりこんでて夜にグレゴールが帰って来たらパジャマ姿で肘かけ椅子に座って迎えた、立ち上がることさえできんとただ両手を上げるだけが喜びの表現やった、めったにない家族そろっての散歩を年に二〜三回日曜日に、それと特別な祝日にするときはグレゴールと母親の間で、二人ともたいがいゆっくり歩いたけどそれよりもひとつ[19]ゆっくり、古いコートを着こんで慎重に杖をつきつき前に進んで、なんぞ言いたいときはたいてい立ち止まって連れのもんを周りに集まらせた、あの父親か？　今や背筋はシャッキリ。シワひとつない青色の制服は金ボタン付きで見るからに銀行におる用務員の制服。上着の高く硬い襟の上にはたくましい二重あご。豊かな眉の下から黒い両目が放つ若々しく注意深そうな眼光。前はボサボサやったのにぴっちりと輝くばかりになでつけ

19　それよりもひとつ……　それよりさらに

られた白髪。父親は帽子をほうった。銀行のもんと思しき金のモノグラム（組み合わせ文字）がついてる。帽子は弧を描いて部屋を横切りソファに落ちた。長い制服の上着をひるがえし、両手をズボンのポケットに、苦虫かみつぶしたみたいな顔で父親はグレゴールに向かってズンズン進んだ。自分は何をしようとしてんのか、父親もよう分かっとらんらしい。ともかく父親はいつにないくらい高々と足を上げた。グレゴールは巨大な靴底に度肝を抜かれた。グレゴールもグレゴールでじっとはしとらなんだ。グレゴールには最大限厳しく臨むべきと父親が考えとることくらい、新生活の初日でグレゴールも分かっとる。せやからグレゴールは父親から逃げた。父親が立ち止まれば自分も止まり、父親がピクリとでも動いたらまた急いで前へ。ええ大人が二人して部屋をグルグル回った。状況が一変するでもなし、のろくさしたテンポのせいではた目には追っかけっこには見えまい。グレゴールは差し当たり床を離れんことにした。下手に壁や天井に逃げたら父親には悪意に満ちたふるまいに見えそうで恐かった。ともかく、こないして走ることさえ長うは続けられまいとグレゴールは自分に言い聞かせとったはずや。なんせ父親が一歩進む間にグレゴールは無数の動作をせんならん。気がつくと息も苦しなり始めとった。もともと肺が丈夫なたちやない。フラフラしつつも力をふりしぼって進むグレゴールの目はほとんど開いてはおらなんだ。頭もボンヤリして、ただ進む他にわが身を救う方法が考えられん。とうに忘れてしもとったけど、壁になんぼでも逃げようがあんのに。もっともその壁を、入念に彫りこまれてギザギザトゲトゲでいっぱいの家具がふさいどるんやけど——グレゴールのわきを、軽くほられた[20]何かがヒュッとかすめて飛んだ。それは落ちるとグレゴールの前を転がった。リンゴやった。すぐに二個目が飛んで来た。グレゴールは恐《こお》うて凍りついた。それ以上逃げてもしゃあない。父親はグレゴールをリンゴ爆弾で爆撃する腹を固めとったんやから。食器棚の果物カゴから取ったリンゴでポケットをパンパンにふくらますと、狙いもろくに定めんままリンゴまたリンゴと投げつけた。小っさい赤リンゴが電気仕掛けみたいに床を転がってはぶつかり合うた。軽う投げられたリンゴが一個、グレゴールの背中に命中したけど傷にはならんと転げ落ちた。その直後に飛ん

20　ほられた……放り投げられた

で来た一個は見事グレゴールの背中にめりこんだ。グレゴールはわが身をさらに引きずろうとした。ふいに襲いかかった猛烈な痛みが、場所さえ変えりゃ消えて無うなるとでも思うとんのか。しかしグレゴールはそこに自分の体が釘付けにされたみたいな気がして、あらゆる感覚がグダグダのありさまで伸びた。グレゴールが最後に見た光景、それはグレゴールの部屋のドアがバーンと開けられて、わめき散らす妹の前に母親が肌着姿で、と言うのは気絶した母親の呼吸を楽にするために妹が服を脱がせたかららやが、飛び出したか思たら父親に駆け寄って、ゆるめたスカートやら何やら次から次へと床にずり落ちてそのスカートやら何やらにけつまづいてその拍子に父親に倒れかかるわ両腕回してピッタリとしがみつくわのあげくに——もっともグレゴールの視界はブラックアウトしとったけど——父親の後頭部につかまってグレゴールの命乞いをする愁嘆場やった。

III

　グレゴールの重傷は一か月以上——わざわざ取ったろうとするもんがおらなんだせいでリンゴは記念の目印みたいに体にめりこんだまんま——悩みのタネになった。今は嘆かわしくも気色悪い姿をしとるとは言えグレゴールは家族の一員であって敵扱いしてはならんこと、それどころか家族の義務が命ずる通り嫌悪感をぐっとおさえて耐えねばならん、耐える他道なしということを、父親さえこの重傷を見ると思い出したらしかった。

　グレゴールは傷のせいで明らかに二度とは元気に動けんようになって、しばらくの間は部屋を横切るだけでも年寄りのケガ人みたいに長い長い時間を要した——高いとこを這いずり回るなんぞ考えられへん——ものの、こういう状況の悪化に対してグレゴールとしては十二分の埋め合わせはしてもらえた。夜が近づくたんび、いつの間にやらの習慣で一～二時間も前からじいっと見つめる居間のドアを開けてもらえるというものやった。おかげでグレゴールは自室の暗闇に寝そべるわが身を居間にさらすことなしに、家族みんなが明かりのともったテーブルについてる様子を見ることができた。家族の会話に聞き耳を立てることにも、前ならまず無理やったけど家族みんなの、言わばお許しが出とった。

とは言うてもグレゴールがホテルの狭い部屋で、疲れた体をジットリ湿った寝具に体を投げ出す他できることもないときいつも一心に憧れた、かつてのにぎやかな談笑とは似ても似つかんもんではあった。今はたいがいいつも、ほんまに静か。父親は夕めしが終わるとすぐさま椅子で眠りこみ、母親と妹はシーッと合図をし合う。母親は明かりの下に身をかがめてブティックに納めるしゃれた下着を縫い、店員の仕事にありついた妹は夜ともなると速記とフランス語を勉強してゆくゆくもっとええポストの獲得を目指す。時々父親はまぶたを開いては、寝こけとったことなど存ぜぬが如く母親に言葉をかける。「今日も針仕事の長いこっちゃなあ！」んでまた眠りに落ちる。母親と妹はくたびれ切った笑顔を向け合う。

何かの意地か、父親は家におっても制服を脱ごうとせんかった。パジャマはただただハンガーにかけっぱなしのくせにきちっと服を着こんだまんま自分の席で舟をこぐ。常に仕事の準備は万端、ここでも上司のお声を待っておりますという調子。そないなわけでもともと新品でもなかった制服は、母親と妹の入念な手入れもむなしく痛みや汚れを重ねていった。そしてたびたびグレゴールはシミだらけの、磨きこまれた金ボタンが輝く服を一晩中眺めて過ごした。その服に包まれて年老いた男はえらくきゅうくつに、しかし心安らかに眠るのやった。

　時計が十時を打つとすぐ母親は、優しい声で父親を起こしてベッドに入るよう言うて聞かそうと試みた。こないなとこではあんじょう眠れんし父親は六時から仕事やよって[21]、何はなくとも眠らんならん。けど用務員になってからこっち片意地はりになった父親は、眠りこむに決まっとんのにテーブルにかじりつく。加えてほんまに骨折りせんと動いてもくれんし椅子をベッドにさしかえることもできん。母親と妹はささやき声でさらに言うて聞かすものの、十五分の間父親はゆっくりかぶりを

21　仕事やよって……　仕事だから

振って目は閉じたまんま、いっこうに立ち上がらん。母親は袖を引っぱるわ耳元でおだてるわのがんばりよう、妹も宿題は後回しで母親に加勢するものの父親には通じん。なおのこと椅子に沈みこむんが関の山。二人のわきに抱えてもらってやっとこさ目を開けて、母親と妹を代わりばんこに見ぃもって「人生かくの如し。これがわが老後の平安ちゅうもんやで」と漏らすんが常やった。両側から二人に支えてもろうて大儀そうに立ち上がる。わが身が一番の大荷物と言わんばかり。二人にドアまで連れて行ってもらうともうええわと合図して、そっからは自力で歩く。その間母親は針仕事を、妹はペンをそれぞれさっと放り出して父親を追っかけさらなる世話を焼く。

この過負荷にくたびれ切った一家に、グレゴールの面倒を必要最低限以上に見る暇のあるもんがおったか？　家計はさらなる緊縮財政。女中はとうにクビ。代わりにガッチリしたたくましい女の使用人が白い髪を頭の周りにバッサバッサとふるわせもって朝夕やって来て、いっちゃんしんどい仕事を引き受けてくれた。それ以外のことは母親が大量の針仕事とあわせてしょいこんだ。家族のアクセサリーあれこれさえ、以前は母親と妹がレジャーとかお祝いとかのときに大はしゃぎで身に着けとったはずやのに売っ払った。グレゴールは夜、みなで売り上げの話をしてんのを聞いてそうと知った。もっとも何にも増しての頭痛のタネはいつも、現状には不釣り合いに大きい家をさりとて去り行くわけにもいかんことやった。なんせグレゴールをどう引っ越しさせたもんかアイデアのアの字も出てこん。ただグレゴールのことが気がかりとは言うても、それだけが理由で引っ越しできんわけやないことはグレゴールもよう分かっとった。適当な箱に二〜三か所空気穴を開けてそれで運んだらしまいなんやから。一家が引っ越しをためらう主な理由、それはむしろまったく出口の見えん絶望感、親類知人の誰を襲ったこともない不運に自分らは襲われてるいう思いやった。世間様があわれな人々に求めることにはみな限界まで応えとった。父親は銀行の下っ端相手に朝めし運び、母親は身を粉にして赤の他人の下着縫い、妹はお客の言いつけ次第でショーウインドーの向こうを行ったり来たり、これ以上を求めんのは酷というもの。母親と妹が父親をベッドに連れてってから戻って、仕事も放ったらかしで頬寄せ合うて座るとき、それから母親が「あそこのドア閉めて、「グレーテ」と言うとき、グレゴールが再び暗闇に取り残されるかたわら隣の部屋で女二人が泣き交わしたり涙さえ流さんとテーブルに視線を落としたりするとき、グレゴールは背中の傷が生々しぃ痛み始めんのを感じた。

幾日幾夜とグレゴールはほとんど眠らんと過ごした。次にドアが開いたら家族の問題を昔同様一手に引き受けたる、そないなこともたびたび考えた。グレゴールの頭に久しぶりに思い浮かんだ。社長や支配人、同僚や見習い、頭の鈍い使用人、他の店に勤める友人二〜三人、出張先のホテルのメイド、いとおしくもはかない記憶、グレゴールが真剣ながらものんき過ぎるプロポーズをした帽子屋のレジ係の女性——そういう面々が、見知らぬ顔とかとうに忘れた顔とかに混じって。しかしそいつらはグレゴールや家族に力を貸してくれるでなし、手を伸ばしたとしても決して届かん存在やったから、頭ん中から消えてくれるとグレゴールにはありがたかった。ただ、グレゴールはもう家族の心配をする気になれんかった。劣悪な扱いに腹が立つばかり。食欲がわくようなもんはまるで頭に浮かばんものの、食料の貯蔵庫まで行ってたとえ腹が減っておらんでも自分にあてがわれてしかるべき食いもんを手に入れるにはどうしたもんかと考えたりもした。もはや何がグレゴールのお気に召すかと考えもせんと、朝と昼の出勤前に妹は適当なあり合わせをグレゴールの部屋に蹴りこんで、夜には味見だけはしてそうか手さえつけとらへんか——ほとんどのときが後者やったが——、そのどっちだろうがホウキ一掃きでかき出した。部屋の掃除はいつも夜にやっとったが、これ以上は無理というくらい手早うチャチャッとすました。壁には汚れのストライプ、あっちゃこっちゃにホコリと汚物のかたまり。はじめのうちグレゴールは、妹が来る頃合いを見計ろうて特に汚れが目立つ隅っこに身を置いた。ここにおることでなんぼかでも妹に当てこすりをしたかった。とは言え、妹が心を入れ替える見こみは皆無やのにグレゴールかて何週間もそこにおられるもんでもない。妹もグレゴール同様ちゃんとホコリが見えとったけどそれには手をつけるまいと心に固く誓うとった。そうか思うたら妹はこれまでになく神経質に、もっとも一家そろって神経質にはなっとったけど、グレゴールの部屋の掃除がちゃんと自分に一任されてるかどうかに目を光らした。あるとき母親がグレゴールの部屋の大掃除を引き受けたはええが水をバケツ数杯ぶちまけて事足れりとして——部屋は水浸しで当然気分を害したグレゴールはソファに腹這いでヘソ曲げたまま動こうとせなんだ――その罰《ばち》はバッチリ母親にくだった。夜、グレゴールの部屋がいつもと様子が違うことに気づくや否や妹はこんな侮辱ありえへんとばかりに居間に駆けこみ、母親がどうか落ち着いてと両手を上げて頼むのもかまわず派手に泣きわめいた。これには両親は――さすがに父親は椅子から跳び上がった――はじめのうち度肝を抜かれてオロオロと見守るばかり。動き出したら動き出したで父親が右に向かってはグレゴールの部屋の掃除を妹に任さなんだかどで母親をなじる、左に向かっては妹に金輪際グレゴールの部屋を掃除すんなとわめき散らす。頭に血がのぼった父親を母親が寝室へ引っぱりこむべく悪戦苦闘のかたわらで身を震わせて泣く妹は小っさい拳でテーブルを叩く。グレゴールは腹を立ててシュウシュウと大きい音を立てた。ドアを閉めてこの光景と騒ぎからおれをシャットアウトしてくれようとは誰一人思いもせんのか。

もっとも仕事でクタクタの妹が前みたいにグレゴールの世話を焼くのにはウンザリやからと言うて、母親が代わりに入ってやらねばならんということはなかったし、けどグレゴールは放ったらかしにはされんとすんだ。使用人がおるおかげやった。ご亭主に先立たれたこの年かさの女性は、長い人生において筋骨たくましい体のおかげでいかなる苦難も乗り越えてきたらしく、グレゴールのこともまるで平気やった。好奇心に駆られたわけでもなくたまたまグレゴールの部屋のドアを開けたとき、誰に追っ立てられてもおらんのにあわを食ってあっちへこっちへと走り出すグレゴールを見ても、服の裾に突っこんだ手を組んであっけにとられただけやった。それからというもの、用のついでに毎朝毎晩ドアを少し開けてグレゴールをのぞく日課を欠かさんかった。はじめに彼女としては親しみの表現らしく、「まあおいでぇな、じいさんフンコロガシ！」とか「ほんまにねぇ、じいさんフンコロガシ！」とかいう言葉で呼び寄せそうとする。こう呼びかけられてもグレゴールは返事のひとつもするでなし、その場にじっとへばりついてそもそもドアも開いておらんが如しの態度。誰ぞこの使用人に、気まぐれでグレゴール相手にいちびっとらんと[22]毎日部屋

22　いちびっとらんと……ふざけていないで

を掃除したらんかいと命令するもんはおらんのか！　ある日の早朝——遠からぬ春の兆しらしく窓を叩く雨音のやかましいこと——使用人がいつもの調子で声をかけてきたとき、グレゴールはムカッ腹が立って攻撃のつもりらしく、しかしノソノソヨボヨボと向き直った。使用人はところが恐がるどころかドアのそばにある椅子を高々と持ち上げた。大口を開けて立ちはだかる姿から、手に取った椅子をグレゴールの背中に叩きつけるまでその口を閉じる気はないとはっきり読み取れた。「そんでしまいかいな？」グレゴールがまた向きを変えるとそない尋ねて椅子をそっと隅っこに戻した。

もうグレゴールはろくすっぽものを食わなんだ。用意した食いもんのそばをたまたま通ったときだけお遊びで一口かじって、何時間もモゴモゴやったあげくにたいがいは吐き出した。はじめのうちグレゴールはこない思うた。部屋のありさまが悲しいて、そのせいでおれはものを食う気になれんのや。せやけど部屋の変わりようにはすぐに慣れた。習慣として、他の置き場があれへんもんはこの部屋に放りこむことになっとったし、またそうしたもんが山ほどあった。部屋のひとつを三人の間借り人に貸したんがその理由。この厳格なご仁たちは——グレゴールがドアのすきまから見たところみなさんご立派なおヒゲで——秩序整頓ということにやかましく、自分らの部屋はおろかひとたび間借りしたからにはと何から何まで、とりわけ台所のことにクチバシを突っこんだ。無駄なもんや小汚いガラクタにはがまんできんかった。加えて自分らの家具はほとんどみな持ちこんだ。そんなわけで、売れもせんけどほるんも[23]気が進まんというものの山ができ上がった。これがみなグレゴールの部屋に迷いこんだ。灰皿とか台所のクズ入れもそう。当面いらんというもんは、いつも気ぜわしい使用人が即座にグレゴールの部屋に放りこんだ。幸いなことにたいがい、先に触れたあれやこれやとそれをつかむ手しかグレゴールの目には入らんかった。使用人はおそらく折を見てそれをまた引っぱり出すかまとめてほってまうかする気でおったんやろうけど、実のところ最初に放りこまれた場所に置きっ放し。グレゴールがガラクタのすきまをウロチョロして動かしてしまわん限り

23　ほるんも……捨てるのも

は。それは好き勝手に這いずり回れる余地がないという事情ではじめはしゃあなしにやっとったことやけど、だんだんと楽しなってきた。とは言うもののそないして動き回った後は死ぬほど疲れるやら悲しいやらで何時間も動けんかった。

間借り人連中がちょいちょい夕めしをみなと一緒の居間で食うとったせいで、居間に通じるドアも夜には閉められることが多かった。けどグレゴールはドアを開けてもらえる望みをあっさり捨てとった。たまにドアが開いてる夜もあったけどそのチャンスを利用することもなく、家族に気づかれんと部屋のいっちゃん暗い隅っこにじっとしとった。あるとき使用人が居間のドアをしっかり閉めてのうて、夜に間借り人連中が入って明かりがついてもそのまんまになっとった。連中はテーブルの上座、前は父親・母親・グレゴールが食事をする場所やったとこに陣取って、ナプキンを広げてナイフとフォークを手に取った。じきにドアから母親が肉入りのボウルを、すぐ後ろにひっついて妹がジャガイモてんこ盛りのボウルを捧げ持って現れた。料理からは湯気がモウモウ。間借り人連中は目の前にうやうやしく供されたボウルに身をかがめた。お食事前のご検分というつもりらしい。実際に、真ん中にお席を占める他の二人にとって親分格らしいのがボウルに盛られたまま肉をひとかたまり切り取った。明らかに、肉が十分柔らかいか、台所に突っ返す必要がないかどうかを確かめるためやった。そいつは満足した。固唾をのんで見守っとった母親と妹はホッとして笑みを浮かべた。

当の家族は台所で食事をとった。しかし父親は台所へ入る前に居間に顔を出して、帽子を手にテーブルの周りを一回りして一度だけペコリと頭を下げる。間借り人連中はいっせいに立ち上がってヒゲの下で何やらモゴモゴ。三人だけになるとほとんどしゃべらんと飯を食うた。グレゴールが不思議に思うたんは、食事中の物音あれこれのうち連中が歯でものを噛む音ばかりが何べんも聞き取れることやった。ものを食うには歯が必要で、なんぼ立派でも歯無しのアゴでは話にならんことを思い知れとばかりに。「おれかて腹は減っとんねん」グレゴールは不安になってつぶやいた。「せやけどあんなんはあかん。間借り人連中は食うて元気になんのにおれは死んでまうねん！」

まさにこの夜のこと——ほんま長いことグレゴールは聞いた覚えがあれへんかっ

たけど——台所からヴァイオリンの音色が聞こえてきた。間借り人連中は夕めしを終えとった。親分格が新聞を引っぱり出して他の二人に一枚ずつをあてごうた。そうして三人は新聞を読みもってもたれてタバコをプカプカやっとった。ヴァイオリンの演奏が始まると三人はそれに気づいた。立ち上がって控室のドアにつま先立ちで近づくと立ったまんまで身を寄せ合うた。それが台所からでも聞こえたに違いない。父親が「みなさん演奏がお気にさわりましたかいな？　すぐに止めさせますよって」と声をかけた。「その逆ですわ」紳士連中の親分格が言うた。「お嬢さんにこっち来てもろて、部屋ん中で弾いてもらいたいんでっけどよろしですか？　なんせこっちの方が快適ですやろから」「ほなそないさせてもらいますわ」自分が演奏しとるみたいな調子で父親が返事をした。紳士連中は部屋に戻って待った。じきに父親が譜面台を、母親が譜面を、妹がヴァイオリンを持ってやって来た。妹は落ち着いて演奏の準備をみな整える。両親は間貸しの経験がないもんやから気ぃ遣い過ぎて自分らの椅子に座ろうとさえせんかった。父親はドアにもたれて、右手はきちんと前を閉めた制服のボタンとボタンの間に突っこんでた。母親は紳士連中の一人から椅子をすすめられて座りこんだ。そいつが椅子をすすめた場所はたまたま部屋の隅っこやったが、母親は椅子をそこから動かそうとはせなんだ。

妹が演奏を始めた。父親と母親がそれぞれの側から注意深く妹の手の動きを目で追った。グレゴールは演奏にひかれて少し前に進んで頭を居間に突っこんだ。自分で疑問に思うことはほとんどあれへんかったけど、グレゴールは最近人への気遣いをほぼなくしてしもとった。かつてはこの、人への気遣いがグレゴールの自慢やったのに。それについて言うとグレゴールは今こそ姿を隠すべき理由が前にも増してあるんやなかろうか。部屋中にしきつめたみたいになって少し身動きしただけで舞い上がるホコリのせいで全身ホコリまみれの今こそ。糸クズ、髪の毛、食い残しがグレゴールの背中やらわき腹やらにへばりついとった。何ごとにも無頓着になり過ぎて、前は日に何べんも仰向けになって背中を床にこすりつける身づくろいをしとったのにそれをやらんようになっとった。そないなありさまのくせにグレゴールはズイズイとシミひとつない居間の床に一歩踏みこんだ。

もちろん誰一人グレゴールに気づいとらん。家族はまるきりヴァイオリンの演奏に気を取られとった。それに対して間借り人連中は両手をポケットに突っこんで、最初は妹の譜面台のすぐ後ろに陣取った。三人は譜面に書いてあるもんが全て見えたやろうけど妹にとっちゃ邪魔に違いない。ほどなくして三人はうつむきかげんにヒソヒソ話しもって窓まで戻り、そこから動かんかった。それを父親は気をもみながら見守った。美しい、あるいは楽しいヴァイオリンの演奏が聴ける期待が裏切られてこの生演奏にウンザリしとること、礼儀というもんがあるがゆえに穏便なやり口で邪魔をしとることが丸分かりやった。とりわけ、そろって鼻から口からタバコの煙を高々と吐き出す様子を見たら連中が心底いらち来とんのがよう分かる。ただ、妹の演奏は見事やった。顔を横に傾けて、一心に悲しげな表情で音符の行列を目で追っとった。グレゴールはもひとつ前に這い出して頭を床に押しつけた。できれば二人の視線が合うように。これでもグレゴールは獣なんか、こんだけ音楽に心を奪われてんのに？　待ち焦がれた未知の糧への道が示された気持ちやった。グレゴールは腹を決めた。妹んとこまで進んで行こう。スカートを引っぱって、ヴァイオリンを持っておれの部屋に来たらええがなと言うたるんや。ここにおる誰よりもおれこそが妹の演奏に報いたるんや。そしたら妹を金輪際おれの部屋から出さん。少なくともおれの目の黒いうちは。おれの恐ろしい姿が初めて役に立ってくれる。部屋のドア全部にぬかりのう目ぇ光らして侵入者は一喝したる。しゃあけど[24]妹に無理強いすんのはあかん。自由意志でもってそばにおってくれるんでないとな。ソファでおれの隣に座って耳を傾けてもらうんや。そしたら妹に打ち明けたんねん、妹を音楽学校にやるおれの固い決心を。ここしばらくの不幸な出来事さえ起きとらなんだら前のクリスマスに――いや待て、クリスマスはもう過ぎとったか？――異論反対ものともせずにみなの前で話しとったはずなんやと。こない話して聞かしたら妹はワッと嬉し泣きするやろ。おれは妹の首まで伸び上がって、店に勤め出してからいうものリボンもカラーもせんとむき出しになってしもとる首にキスしたんねん。

「ザムザはん！」親分格が父親に叫んでそれっきり口を閉ざし、ノロクサと前進するグレゴールを人差し指で指さした。ヴァイオリンは沈黙し、親分格の間借り人は

24　しゃあけど……　だけど

頭を振って他の二人にニヤッと笑うたか思たらまたグレゴールに視線を戻した。こいつらは至って落ち着いとったしヴァイオリンの演奏よりグレゴールの方をよっぽど面白がっとるようやった。しかしグレゴールを追っ払うよりまずは間借り人連中をなだめるんが肝心と父親は思うたらしい。父親は連中に駆け寄ると両手をめいっぱい広げた。どないかして連中を部屋に押しやると同時に自分の体でグレゴールの姿が見えへんよう視界をさえぎるために。実際、連中はちょっと気ぃ悪うした。ただ、父親のふるまいに対してなんかグレゴールみたいな隣人がおったことが今やっと判明したことに対してなんか、そこはもはや分からん。連中はどういうことですねんと父親に詰め寄り、両腕を上げて、ソワソワとヒゲを引っぱり、ゆっくりと自分らの部屋に後ずさりした。一方で妹は演奏をぶった切られて落ちた絶望から立ち直った。しばらくだらりと下がった両手にヴァイオリンと弓をつかんだままで、まだ演奏を続けとるみたいに楽譜に目を落としとったけど、すっくと立ち上がった。母親は呼吸が苦しいわ肺の動きが激しいわで椅子から身動きできん。妹はその母親のヒザに楽器を置いて隣の部屋に駆けこんだ。間借り人連中が父親に押しまくられてズンズンと部屋に接近する。妹の熟練技で毛布と枕が高々と宙を舞ってセッティングされる。紳士連中が部屋にたどり着かんうちに妹はベッドメイクをすましてスルリと部屋を出た。父親はいつもの片意地はりがまた顔を出したらしく、何はなくとも間借り人に払ってしかるべき敬意をすっかり忘れてもうた。父親の押せ押せで部屋のドアに入りかけたとき、紳士連中の親分格が雷みたいな音で足を踏み鳴らして父親は思わず立ち止まった。「はっきり言わしてもらいまっせ」親分格はそない言うと片手を上げて、視線で母親と妹を探した。「この家とご家族を支配するいまいましい事情に鑑みて」――ここで腹を固めるみたいに唾を床に吐き捨てた――「この場で部屋を解約します。もちろん私がここに住んだ期間に対してビタ一文払う気はありません。それどころか、至って当然の損害賠償請求をそちらはんにしたもんかどうか――本気でっせ――じっくり考えさしてもらいますわ」親分格は黙りこむとなんぞ期待するみたいにまっすぐ前を見つめた。実際すぐに連れの二人が調子を合わせた。「私らもこの場で解約しますで」それを聞いて親分格がドアノブをつかんで派手にドアを閉めた。

父親はフラフラと手探りするように椅子まで歩くとへたりこんだ。体を伸ばして例の如く夜の居眠りをしとるように見えるけど、支えをなくしたみたいに頭がガックンガックン揺れる様子から眠ってなんぞおらんと分かる。グレゴールはずっと、間借り人連中に見とがめられた場所でじっとしとる。計画の頓挫にガッカリしたんと、たぶん腹が減り過ぎて弱ってしもとるせいもあってそっから動けんかった。間違いなく次の瞬間にはなんもかもがわが身に崩れ落ちてくるとグレゴールは思い、待った。母親の震える指をくぐりぬけてヒザから落ちたヴァイオリンの音が響き渡っても、グレゴールはビクつきすらせんかった。

「お父さん、お母さん」と言うて妹は前置き代わりに手でテーブルを叩いた。「もう限界やわ。お父さんとお母さんに分かれへんでも、あたしには分かんねん。このバケモンの前で兄さんの名前なんか口に出しとうないよってこない言うたるわ。これをどないかして追い出さなあかんって。あたしらは人間にできる限りのことをしてこれを世話したりがまんしたりしてきたやないの。後ろ指さされる筋合いなんかこれっぽっちもあれへんわ」

「ほんまその通りやで」父親がつぶやいた。母親はまだ呼吸もままならず、片手を口に当てたまんま正気かどうかも怪しい目つきで咳きこみ出した。

妹は母親に駆け寄って額を支えた。父親は妹の言葉でさらに腹が決まったらしく背筋を伸ばして座り直すと、間借り人連中の夕めしからずっとテーブルに置きっぱなしの皿の間で制帽をもてあそんで、身じろぎひとつせんグレゴールにちらちらと目をやった。

「どないかしてこれを追い出さな」妹は今度は父親にだけ言うた。なんせ母親の方は自分の咳でなんも聞こえとらん。「これのせいで二人とも死んでまうで。時間の問題やわ。ただでさえ必死のパッチで働かんならんときに、あたしらみたいにね、こんな永遠の厄介モンが家におった日ぃにはがまんなんかできるわけないやん。あたしかてもう限界やわ」妹はワーッと泣き出し、その涙が母親の顔に流れ落ちた。機械みたいな手つきで妹は母親の顔から涙をぬぐうた。

「なあグレーテ」父親が同情と理解に満ちた口調で言うた。「ほなどないしたらええやろな？」

妹は肩をすくめた。その様子から、さっきの力強い確信とは打って変わって泣いてる間に途方に暮れたんがうかがわれた。

「こいつがわしらのことを分かってくれたらなあ」父親の口調は半分質問みたいやった。妹は泣きもって激しく手を振った。んなこと考えてもしゃあないという意味やった。

「こいつがわしらのことを分かってくれたらなあ」そう繰り返すと父親は、そんなもん無理に決まっとるという妹の説得を受け入れるみたいに目を閉じた。「そしたらこいつともあんじょうやって[25]けんこともないんやろうけど、このありさまではなあー」

「これが出て行かな」妹が叫んだ。「それしかあれへんて、お父さん。これがグレゴールやなんて甘い考えは捨てやんと。[26]あたしらがずっとそんなつもりでおったんがそもそも不幸の元なんよ。これのどこがグレゴールなん？　もしこれがグレ

25　あんじょう……うまく

26　捨てやんと……捨てないと

ゴールやったら、人間とこないなケダモンが一緒に暮らすんは無理ってとうに分かって自分から出てってくれてるはずやわ。そしたらあたしらは兄さんを失うわけやけど今後もまともに暮らしていけるし兄さんを誇りに思えるはずやわ。せやのにこのケダモンときた日にはあたしらに苦労はかけるわ間借り人さんは追い出すわ、どう見てもこの家全部をのっとってあたしらに道端で夜明かしさす気ぃやで。ほら、お父さん」妹が不意に叫んだ。「また始めよったわ！」グレゴールには見当もつかん恐怖に駆られて妹は母親からさえ離れた。文字通り椅子を蹴り飛ばす勢いで、まるで母親を犠牲にしてでもグレゴールのそばにはおりとうないみたいやった。そんで急いで父親のかげに隠れた。父親は妹の行動だけで頭に血がのぼって、神輿を上げると妹を守ろうとするみたいに立ちはだかって両腕を体の高さ半分に上げた。

　もっともグレゴールとしては誰かを、とりわけ妹を恐がらす気は毛ほどもなかった。体の向きを変えて自分の部屋に戻ろうとしたまでのことやったけど、確かにはたからは何ごとやという風に見えた。向きを変えるにも手間暇かかる難儀な状況のせいで、何べんも頭を持ち上げては床に打ちつける勢いを利用せんことにはどないしようもなかった。グレゴールはいったん動きを止めて周りを見た。グレゴールの善意はみなに通じたみたいで、恐怖はほんの一瞬で終わった。グレゴールをみなが口もきかんと悲しげな顔で見守った。母親は伸ばした両脚をピタッとくっつけて椅子ん中、くたびれ切って両目が今にも閉じんばかり。父親と妹は隣合わせに座って、妹は父親の首に手を回しとった。

（向きを変えてもええみたいやな）とグレゴールは考えてまた仕事に取っかかった。これがまた骨の折れる仕事で、息切れをおさえられんのでたびたび休まなあかんかった。もっとも誰一人グレゴールを急かしはせんかったので、自分のペースでやってよかった。体の向きを変え終えるとすぐグレゴールは一直線に引き返した。自分が部屋から進んできた距離の長さに驚いた。弱った体でついさっき、その距離に気づきもせんと同じ道を後にして進んだことが信じられへんかった。急いで這うていくんに夢中でグレゴールは気づかなんだが、家族が言葉をかけたり大声をはり上げたりしてグレゴールの邪魔をすることはなかった。ドアに差しかかったとき初めてグレゴールは頭を後ろに向けた。首が固うなっとる気がするせいでしっかりとは後ろを向けんかったものの、妹が立ち上がったこと以外グレゴールの背後に何の変わりもあれへんことは見て取れた。グレゴールの視線が最後にとらえたもん。それは、もはや完全に寝落ちした母親やった。

グレゴールが部屋に入りきったかどうかのうちにドアが大急ぎで閉められて、ガッチリかんぬきをかけられた。前触れなしに背後ででかい音がしたせいでグレゴールは肝をつぶして脚がガクッと折れ曲がった。そないに慌ただしぃしとったんは妹やった。とうに立ち上がって待ち構えとった妹がスタスタと前進した、その接近する足音はグレゴールにはいっさい聞こえんかった。「やれやれやわ!」妹は両親にそう声をかけもって鍵穴の鍵を回した。

「さて、どないしよか?」と自問してグレゴールは真っ暗闇を見回した。もはや自分の体をピクリとも動かされへんことにすぐ気づいたが、それに驚きはせんかった。むしろ今までこんなか細い脚でほんまに前進できとったことを不思議に思うくらいやった。もひとつ言うと、グレゴールはなんぼか気持ちが楽になっとった。体中が痛いには痛いものの、その痛みもだんだん弱なっていって、しまいに無うなる気がした。背中の腐ったリンゴも、その周りで綿ボコリをかぶった炎症もほとんど感じへん。胸いっぱいの愛と感謝でもって家族のことを思い起こした。自分は消えてしまわんならんと思った。もしかしたら、妹がそない思うよりも強く。こんな具合にむなしくも心休まる考えごとをしとるうちに塔の時計が午前三時を知らせた。窓の外であたり一面明るうなり始めてんのもまだ感じられた。するとグレゴールの頭は我知らずガックリと下がって、鼻から最後の息がか細うに吐き出された。

朝も早よから使用人がやって来て——それはやめてくれと何べん頼んでもドアっちゅうドアを全速力で閉めるもんやさかい家ん中のどこにおろうと彼女が来たが最後寝てられたもんやなかった——いつも通りグレゴールの部屋にちらっと顔を出したとき、最初はこれと言うて変わり無う見えた。わざと身動きひとつせんとふてくされたふりでもしとるんや、そう彼女は思うた。グレゴールは人間の持ちうる理解力をバッチリ持っとるもんやと考えとったから。たまたま長いホウキを手に持っとったので、それでもってグレゴールをドアのとこからこちょばしてみた。何も手ごたえがあれへんかったので使用人はムカッ腹を立ててグレゴールを軽う突っついた。すると何の抵抗もなしにずり動いて、それでやっと気がついた。すぐに事の真相を理解した使用人は目を丸うして、口笛を吹いて、かと言うてその場に長居はせんと寝室のドアを一気に開けるとでかい声で暗闇に呼びかけた。「見てみなはれ、くたばってまっせ！　間違いなしにオダブツですわ！」

ダブルベッドで身を起こしたザムザ夫妻は使用人に驚かされたんをグッとこらえることを強いられて、それからやっと使用人の知らせを理解した。ついで二人はそれぞれの側から急いでベッドを降りた。ザムザの旦那は毛布を肩に引っかけて、ザムザの嫁はんは寝間着いっちょで飛び出して、二人はグレゴールの部屋に足を踏み入れた。そんなこんなの間に、間借り人連中の入居からこっちグレーテの寝場所となっとる居間のドアも開いとった。グレーテはまるで一睡もしとらんみたいにきちんと服を着こんどった。青ざめた顔もそれを裏付けるが如しやった。「死んでんの？」と言うてザムザの嫁はんは尋ねるみたいに使用人を見上げた。全部自分で検分できることではあったけど検分なんぞせんでも分かることやった。「そない思いますわ」と言うて使用人は証拠にグレゴールの死体をホウキでもひとつグイッと横方向に突いた。ザムザの嫁はんはホウキを押さえるみたいに動いたものの押さえはせんかった。「さ、」ザムザの旦那が言うた。「これで神様に感謝でける[27]言うもんや」そんで十字を切った。三人の女性もその例に倣《なろ》うた。[28] グレーテは死体から目をそむけもせんと「見てぇな、えらいやせてからに。長いこと何も食べへんかったから。食べもんを差し入れしてもそっくりそのまま戻ってきたもんね」と言うた。実際グレーゴールの体はペシャンコのカラカラやったけど事ここに至ってやっとそれに気がついた。もはや無数の脚が体を持ち上げることもなく、それ以外になんぞ人の目をそむけさすような点もあれへんかったから。

「グレーテ、ちょっとあたしらのとこにおいで」ザムザの嫁はんが悲し気な笑顔でそない言うと、グレーテは死体を振り返りもって両親の後から寝室に入った。使用人はドアを閉めて窓を全開にした。朝早うやのに新鮮な空気には少々生ぬるさが混

27 でける……できる
28 倣《なろ》うた……倣《なら》った

じってる。もう三月も終わる。

三人の間借り人が部屋から出て来て、朝食が見当たらんことに超ショックを受けた様子でそのへんを見回した。みなこいつらのことを忘れとった。「朝めしはどこですねん?」連中の親分格が仏頂面で使用人に尋ねた。使用人は指を口に当てて、グレゴールの部屋に入ってみぃやとせわしのう無言の合図をした。連中も来て、両手は着古し気味の上着のポケットに突っこんで、とうに明るなった部屋でグレゴールの死体を囲んで立った。

そこへ寝室のドアが開いてザムザの旦那が制服姿で、片っぽの腕には嫁はんを、もう片っぽの腕には娘を伴って現れた。みな少々泣き腫らした顔をしとった。グレーテは時々顔を父親の腕に押しつけた。

「即刻うちから出てってくんなはれ!」と言うてザムザの旦那は婦人二人をお供にしたまんまドアを指差した。「と、言わはりますと?」親分格がうろたえ気味に、こびるみたいにヘラヘラしながら言うた。他の二人は背中に回した両手をひっきりなしにもみ合わせて、自分らの勝利に終わるはずの大ゲンカを心待ちにしとるようやった。「言うた通りですわ」と答えると、ザムザの旦那はお供二人と一列並びで間借り人に近づいた。そいつは最初じっと突っ立ってたか思うたら頭ん中を整理するみたいに床へ視線を落とした。「ほな出て行きますわ」そない言うとザムザの旦那を見上げた。突然卑屈な気持ちに襲われてこの決心にさえ改めて許可を求めとるようやった。ザムザの旦那はただ目を見開いて何べんも小さくうなずいた。そないなわけでほんまに親分格は大股で玄関ホールに向かった。連れ二人はちょっとの間手を止めて二人のやり取りに耳をそばだてとったけど、すぐにホイホイついて行った。ザムザの旦那が二人より先に玄関ホールに踏みこんで自分らの親分との間に立ちはだかるんが恐いみたいに。三人そろってコートハンガーから帽子を、ステッキ立てからステッキを取って、ものも言わんと頭を下げて家から出てった。あきらかに根拠のない疑念に駆られてザムザの旦那は婦人二人と一緒に玄関先へ出た。手すりにもたれて、三人の紳士がノロノロとではあるけど足を止めんと長い階段を降りて行くんを見守った。どの階でも吹き抜けの決まった曲がり角で連中は姿が消えて、その数秒後にまた姿が見えた。連中が降りて行くんにつれてザムザ一家は連中に興味が無うなっていった。カゴを頭に乗っけてふんぞり返った肉屋の店員が下から連中とすれ違うてさらに上がってってたとき、ザムザの旦那は婦人らと一緒に手すりを離れた。みなホッとしたみたいに自分らの家に引き返した。

一家は今日という日こそ骨休めと散歩に費やすことに決めた。仕事休みが当然の権利であるだけでのうて、何をさておいても必要やった。てなわけでみなテーブルについて断りの書類を三通書いた。ザムザの旦那は上司に、ザムザの嫁はんは得意先に、グレーテは店主に。書き物の真っ最中に使用人がノコノコ入ってきて、朝の仕事は片付きましたよって帰りますと言うた。三人とも書くんに夢中で、はじめは顔も上げげんとうなずいただけ。使用人がなかなか立ち去ろうとせんのでやっとこさ不愉快そうに顔を上げた。「どないしてん?」ザムザの旦那が尋ねた。使用人はドアんとこに笑顔で突っ立って、一家のみなさんにとてもええお知らせがございます、ただしきちんとお尋ねくださらなんだら[29]お伝えするわけにはまいりませんとでも言

29　お尋ねくださらなんだら……　お尋ねくださらなければ

いたげやった。使用人の帽子にまっすぐついとるダチョウの小さい羽根飾り、ザムザの旦那としては彼女が働いとる間ずっとしゃくのタネやったそれが四方八方にフワフワ揺れた。「いったい何の用なん?」とザムザの嫁はんが尋ねた。使用人が曲がりなりにも最大級の敬意を払うてる相手はこの嫁はんやった。「へえ」と使用人は答えたものの愛想笑いのせいですぐには言葉が出んかった。「隣の部屋にあるあれの始末は心配いりまへんで。もう片付いてますよって」ザムザの嫁はんとグレーテは書き物の続きをするみたいに書類に向かってうつむいた。使用人が微に入り細をうがって説明をおっぱじめようとしとんのに気がついたザムザの旦那は、手を伸ばしてきっぱりと突っぱねた。話をさせてもらいそびれた使用人は火急の用件が控えとるのを思い出して、不機嫌丸出しで「ほなまた」と叫ぶと猛然と身をひるがえし、えげつない勢いでドアを閉めて家を立ち去った。

「夕方には暇を出すわ」とザムザの旦那は言うたけど嫁はんからも娘からも返事はなかった。やっとの思いで手にした安らぎを使用人がまたもや邪魔したらしい。二人は立ち上がって窓まで行くと抱き合うて動かんかった。ザムザの旦那は椅子に座ったまま二人の方に向き直って、しばらく無言で見守った。それからこう呼びかけた。「さ、来ておくれぇな。すんだことはもうええがな。ちょっとわしのこともかもうてくれへんか」婦人二人は言われた通りすぐ駆け寄ってザムザの旦那を優しくさすり、書類をやっつけた。

それから三人そろうて何か月ぶりかで家を出て、電車で郊外に出かけた。三人で貸し切り同然の車両にはお陽さんのあったかい光があふれとった。座席に気持ちようもたれて将来の見通しを話し合うてみると、よう考えたらまんざら悪うはないと分かった。三人とも仕事上の立場は、互いに尋ね合うたことこそなかったものの、えらい恵まれとって、ゆくゆくの期待も大いにできるもんやからやった。状況を改善するうえで差し当たり最大の方法は引っ越しやということには間違いない。グレゴールが見つけた今の家よりも小そうて、安うて、けど手頃で実用的な家が欲しかった。あれやこれやと話しとる間にザムザの旦那と嫁はんは元気を増す一方の娘を見て、ほとんど二人同時にこう思い至った。顔色も悪うなるほどの苦労を重ねてきたのに、ここしばらくですっかり娘盛りやないか。口数も減ってほとんど無意識の以心伝心で、ぼつぼつ娘にええ婿はんを探したる頃合いやと考えた。お出かけの目的地に着いて娘が最初に立ち上がり、若い肢体をグーッと伸ばしたとき、二人にはこないな風に思えた。自分らの新しい夢と善意は確かに認めてもらえたんや、と。

あとがき

ここまでお読みくださり、ありがとうございます。「小難しいイメージがまとわりつきがちなカフカ『変身』を笑って楽しんでほしい」という虚仮《こけ》の一念から、少しばかり読書習慣があって大学時代にドイツ語を専攻しただけの素人が、辞書と先人の訳業を頼りに取り組んで生まれた本。それがこの「大阪弁で読む『変身』」です。楽しんでいただけたでしょうか？

カフカ『変身』を大阪弁で訳したきっかけ

きっかけは二つあります。第一のきっかけは2019〜2020年に騒がれた、いわゆる老後2000万円問題。第二のきっかけは大学時代の卒業論文です。

第一のきっかけについて。「国の年金じゃ全然足りない、各自2000万円必要だよ」と国が発表するとは滑稽な話ですし、「想定が特殊過ぎてあてはまる人は少ない」という意見も聞かれますが、ともかく「少しでも老後資金の足しを作る方法はないか?」と考えるようになりました。そして、

・英語とドイツ語が多少できるがプロレベルからはほど遠い。
・ましてや邦訳されていない作品を一から訳す自信はない。
・しかし邦訳がすでにある作品を新たな角度から訳すことならできるのでは?
・大学時代に取り組んだカフカ『変身』ならすぐにでもそれができる!

という流れでたどり着いた結論が「『変身』を大阪弁で、ドタバタコメディとして訳す」だったのです。

第二のきっかけ。きっかけというよりは土台もしくは背景かもしれません。『変身』はドタバタコメディとして読めるというアイデアは長年持っていました。私はかつて大阪外国語大学(当時)の独文ゼミで市川明先生に教えを乞うており、卒業論

文で『変身』を3通りに読み解く試みをしたのですが、3通りのうちの1つがドタバタコメディだったのです。

そんなこんなで「他の誰かがやらないうちに」と、翻訳作業を始めました。仕事が終わって家に帰り、食後の片付けを終えてお風呂に入るまでのスキマ時間にちまちまと訳し、完成しては訳し直す工程を繰り返し、およそ2年半かけて大阪弁訳が完成しました。

『変身』をドタバタコメディと解釈するアイデアは私のオリジナルではありません。作者のカフカにしてからが、第一章を初めて人に読んで聞かせたときはこらえきれずに大笑いしたと言われています。さらに言えば古典を現代風の言葉・なじみやすい言葉に訳し直す試みは、私の知るだけでも与謝野晶子が紫式部『源氏物語』を約30年かけて訳した『新新訳源氏物語』(金尾文淵堂、1939年)、大きな反響を呼んだ橋本治『桃尻語訳　枕草子』(河出書房新社、1987年)、なんと全くの一般人によるケセン語(気仙地方の方言)辞書編纂から始めた山浦玄嗣『ケセン語訳　新約聖書』(イー・ピックス出版、2002年)シリーズ、近年なら佐々木良『愛するよ

りも愛されたい　令和言葉・奈良弁で訳した万葉集』（万葉社、2022年）といった具合に意外なほど多数あります。ベストセラーを新たな角度から読み解く試みにも架神恭介『「バカダークファンタジー」としての聖書入門』（イースト・プレス、2015年）などの好例があります。ですが、『変身』をドタバタコメディとして楽しんでもらうべく大阪弁で翻訳したのは恐らく私が初めてです。変身したグレゴールが初めて家族と支配人に姿を現す場面や間借り人の前にノコノコ出てくる場面などはさながらザ・ドリフターズのコント。「志村、後ろ後ろー！」という、あれにそっくりではないですか？

そういうわけで本書誕生のきっかけは、老後2000万円問題と大学時代の研究だったのです。だからと言って老後2000万円問題に感謝などしておりませんが。

訳者にとってカフカ『変身』はどんな作品か？

『変身』は、読者の想像力に対するカフカからの挑戦状です。あなたならどう読む？

そんな問いかけであり、挑発です。非常にポピュラーな読み方に「作者と父親の関係がテーマ」「虫はユダヤ人としての不安定な立場をあらわしている」というものがあります。カフカの問いに、私ならこう答えます。「愉快なドタバタコメディであるのはもちろん、家族が大きな危機を乗り越える物語でもあり、甘えの物語でもあります。スタニスワフ・レムのような、相互理解が成立しない異文化の出会いの物語として読むことも可能でしょう」と。

『変身』を読んで私が頭に思い浮かべるのは、遊具が何もない公園です。適当にゴールを見立ててサッカーをするもよし、鬼ごっこをするもよし、日向ぼっこをするもよし。何もないがゆえに、かえって遊び方は無限です。もしそこに大きなすべり台があったら？　ジャングルジムがあったら？　所狭しとブランコが並んでいたら？　どうしてもそれらでばかり遊びたくなるでしょう。それはそれで間違いなく楽しいのですが、公園での遊び方は自然と限られてきます。虫になった原因を語るでもなく、限定的な状況を装飾の少ない文体で淡々とつづる『変身』は、ほぼ最小限の要素だけで構成されているがゆえにきわめて多様な解釈が可能です。この挑戦、受けてたってやろうではありませんか！

いくつかの断り書き

冒頭近くで原文のSamsa war Reisenderを「ザムザはセールスマンやった」と訳しています。Reisenderはもともと「旅する人」という意味で、現代ならセールスパーソンと呼ぶところでしょう。本作が書かれた時代には○○マンや○○ウーマンを○○パーソンと呼ぶ言い方はなかったと考えられるため、本書ではセールスマンと訳しました。

母親とグレーテがグレゴールの部屋から家具を運び出す場面に、グレーテがグレゴールを罵るセリフがあります。原文のDu, Gregor! は直訳すると「あんたねえ、グレゴール！」といったところです。グレーテから初めて直接に話しかけられた一言がこんな言葉でグレゴールがショックを受ける場面でこのセリフを大阪弁に訳すとなると、もうこれしかないだろうと考えてあのように翻訳しました（本書62頁）。

お気づきの読者もおられるでしょうか、訳の所々にオヤジギャグをちりばめています。もちろん原文にそんなものはありませんが、せっかく笑いの文学として訳すのだからと、作品の魅力を損なわないようこっそりと大好きなオヤジギャグをしかけました。遊び心ついでの悪ノリと思ってご容赦をお願いするとともに、楽しく探していただければ幸いです。

翻訳にあたってはFischer社〝Das Urteil und andere Erzählungen〟の原文を使用し、以下に挙げる先人の訳業を参考にしました。

山下肇・山下萬里　訳（岩波文庫）
高橋義孝　訳（新潮文庫）
中井正文　訳（角川文庫）
川島隆　訳（角川文庫）
丘沢静也　訳（光文社古典新訳文庫）

（敬称略）

謝辞

本書を手に取ってくださったみなさん、かつて独文ゼミで指導してくださった市川明先生、幻冬舎の方々はじめ本書に携わってくださったみなさん、とりわけ本稿を高く評価してくださった中島弘暉氏とご担当くださった小原七瀬氏にお礼を申し上げます。そして誰よりも、今回の出版もさることながら常に私を応援してくれる妻に感謝します。いつも本当にありがとう。

なお読書ブログ「なにわt4e『こんなん読んだで!』」でも『変身』をご紹介しております。「なにわt4e　変身」または「なにわt4e　大阪弁で読む『変身』」にて検索をお願いします。ブログは随時更新しておりますので、ぜひチェックしてみてください。

<作者紹介>

フランツ・カフカ（1883〜1924）

プラハの商家に生まれる。役所勤めのかたわら『変身』『掟の前で』『審判』など不条理ともコミカルとも取れる作品を多数執筆。親友マックス・ブロートに「僕が死んだら原稿は焼却してくれ」と言い残して肺結核で死去するが、ブロートがその遺志に逆らい作品を発表したことからフランツ・カフカの名は世界文学史に刻まれた。日本にも無数の愛読者がいる。

<翻訳者紹介>

西田 岳峰（にしだたかね）

独文ゼミ出身なのに座右の書はメルヴィル『白鯨』、スタインベック『怒りの葡萄』、丸山健二『見よ 月が後を追う』、技来静也『セスタス』シリーズ。座右の映画は『ブラッド・イン ブラッド・アウト』『永遠のマリー』。ドイツがどこにもない。あ、でもネーナ（80年代ドイツのロックバンド）は大好きです。趣味は海外文学の翻訳読み比べとご近所ツーリング。オタク気質の大阪人です。

大阪弁《おおさかべん》で読《よ》む『変身《へんしん》』

2023年11月30日　第1刷発行

原　作　　フランツ・カフカ
訳　　　　西田岳峰
発行人　　久保田貴幸

発行元　　株式会社 幻冬舎メディアコンサルティング
〒151-0051　東京都渋谷区千駄ヶ谷4-9-7
電話　03-5411-6440（編集）

発売元　　株式会社 幻冬舎
〒151-0051　東京都渋谷区千駄ヶ谷4-9-7
電話　03-5411-6222（営業）

印刷・製本　中央精版印刷株式会社
装　丁　　野口萌

検印廃止
©TAKANE NISHIDA, GENTOSHA MEDIA CONSULTING 2023
Printed in Japan
ISBN 978-4-344-94597-5 C0097
幻冬舎メディアコンサルティングＨＰ
https://www.gentosha-mc.com/

※落丁本、乱丁本は購入書店を明記のうえ、小社宛にお送りください。
送料小社負担にてお取替えいたします。
※本書の一部あるいは全部を、著作者の承諾を得ずに無断で複写・複製することは禁じられています。
定価はカバーに表示してあります。